天星诗库

铁水与花枝

TIESHUI YU HUAZHI

李轻松 著

山西出版传媒集团 北岳文艺出版社

·太原·

图书在版编目(CIP)数据

铁水与花枝 / 李轻松著 . —太原:北岳文艺出版社,2021.12

ISBN 978-7-5378-6503-6

Ⅰ.①铁… Ⅱ.①李… Ⅲ.①诗集—中国—当代 Ⅳ.① I227

中国版本图书馆 CIP 数据核字(2021)第 276464 号

铁水与花枝

李轻松 / 著

出品人
郭文礼

选题策划
王朝军

责任编辑
王朝军

书籍设计
张永文

印装监制
郭 勇

出版发行:山西出版传媒集团·北岳文艺出版社
地址:山西省太原市并州南路 57 号　邮编:030012
电话:0351-5628696(发行部)　0351-5628688(总编室)
传真:0351-5628680
经销商:新华书店
印刷装订:山西人民印刷有限责任公司

开本:787mm×1092mm　1/32
字数:188 千字
印张:8.375
版次:2021 年 12 月第 1 版
印次:2021 年 12 月山西第 1 次印刷
书号:ISBN 978-7-5378-6503-6
定价:45.00 元

本书版权为本社独家所有,未经本社同意不得转载、摘编或复制

目录

第一辑 | 爱上打铁这门手艺

003　爱上打铁这门手艺
005　铁这位老朋友
008　让我们再打回铁吧!
010　亲爱的,有话跟铁说吧!
012　再次遇到铁
014　幸存的铁
017　你这样的铁
019　致命的铁……
021　关于铁的抒情与叙事
023　打铁的人
025　铁有关我们的生死
027　让我们谈谈铁吧!
029　铁与酒的诗篇
031　怀抱一块铁
033　在去往打铁的路上
035　每块铁都有自己的裂痕……
037　在大地上孕育的铁
039　亲爱的铁
041　铁水与花枝
043　峰巅上的铁
045　重逢之铁

047　铁与花这场戏剧

049　拿手好铁

051　少年之铁出土记

053　回炉的铁

第二辑 | 春之暮野

057　仿佛春天

059　在这世俗的礼仪中

061　我欣赏

063　五谷之香

065　再次写到昆虫

066　一只野鹤立于水边

068　废墟……墟

069　每次的相遇都是恩赐

070　飞禽飞啊!

072　春之暮野

074　每一次的垂爱……

075　小树林

076　两岸

078　昆虫记

079　一条藤

080　上坡,上坡

082　途中……

084　悲悯

085　山间小寺

087　夜半醒来

089　时间的灰烬

091	我请求……
093	乡村教育
095	母
097	一窝蚂蚁
098	羊这一辈子
099	嗨，小虫子
101	草木一秋
102	一只猫的春天
104	与飞禽对视
106	给小动物们的信
108	那些坟茔
109	被鸟儿言中
110	这些荒凉的事

第三辑 | 无处不悲欢

115	组诗：十二时辰诗
124	组诗：月照着我，我照着月
138	组诗：人世苍茫
148	组诗：西行散记
158	组诗：生死书

第四辑 | 大雪落在东三省

167	走马辽西
169	最多……
170	家史
171	边地之边

173	你好,雪后山川
175	大雪落在东三省
177	风暴啊,风暴!
178	天色向晚
179	青蘋之末
180	稻……米……
182	生死无间
184	那么白!
185	雪一直下
186	小学同桌
187	东行记
188	一粟
189	东风来……
190	山海关以外
191	伐
193	东北平原
194	大雪逶迤而行……
196	辽西走廊
198	一座城市的记忆
199	斜阳的忧伤
200	铁西区
202	漫步1905创意街区
204	地下铁
206	豆芽菜
207	广场舞
208	暴走团
209	这么多年……

第五辑 | 北望医巫闾山

- 213　狐之灵
- 215　朗读者
- 217　秋风辞
- 219　禾苗苗壮
- 221　大风雪
- 223　老人与狼
- 225　在一辆马车上沉沉睡去
- 227　雨为我的诗歌润了色
- 229　在黄昏时分
- 231　山脚下的无名女人
- 233　与带翅膀的动物一起飞
- 235　一条河流里的诗意
- 237　每天清晨被鸟鸣唤醒
- 239　在向阳的坡上
- 241　麻
- 243　在傍晚的街头愣住
- 246　晚安,迎仙堡!
- 249　我所崇拜的山鹰!
- 251　陌上花
- 253　北望医巫闾山

- 255　后记

第一辑 | 爱上打铁这门手艺

爱上打铁这门手艺

爱上铁这种物质
爱上一门手艺。爱上那种气味
带着一种沉迷的香气

带着一种迸溅的状态,我向上烧着
我的每个毛孔都析出了盐
我咸味地笑着,我把它们都错认为珍珠
我听见了它们撒落在皮肤上的声音
简直美到了极致!

有一种痛是迷人的。有一种痛
是把通红的铁伸进水里
等待着"刺啦"一声撕开我的心
等待着先痛而后快

我每天都推开"生活"这道门
与"平庸"相撞,而我抗拒的方式
却是越来越少,我的铁质也越来越少

连骨头里都是厌倦
我感冒，咳嗽，腰椎里藏着骨刺
肺里也堆积着黑洞和尘土

请把我的血肉和精神放在一起
让血肉欢聚，也让精神欢聚
我血里的沉渣全都泛起
被精心地打造成精品
我不知道坚硬的铁可以这么软
不知道铁可以像水一样地流
它流到我的嘴唇上，我就亲吻
流到我的骨缝里，我就战栗
而灵感像一只拿捏的手
我被打出一把锋利的匕首
还是一枚绣花针
都由不得我

铁这位老朋友

亲爱的铁,"我火焰中的一部分
你照亮了所有回忆的天空"

火星四溅,我应着潜伏着的火苗
我应着风声。一种神秘的相遇
来会会铁,你这位老朋友

我背着一腔的灰烬去会你
我背着贫血,我身体里的缝隙
还有这个世界的垃圾
冷漠的姿势里虚弱的水

我曾离你很近,我又离你很远
等到我再次找到你时
我的青春已挥霍殆尽

用我血里微量的物质
用我的钙,我的锌,我的维生素

用我所有的一切
让我们趁热打铁。并熟知了彼此的手艺
熟知了那种硬度

没有隔膜。我成为自然界中最自然的部分
成为一块铁,怀抱着火
我内心里最脆弱的部分
经过断裂、锻打和淬火
成为爱情里面的精华
一个世界的良心,或者是一块伤疤。

铁,"我找到了爱你的秘诀
永远作为第一次"
我找到了我自己的缺口
永远无法弥补

我的眼球太疼,泪珠像钻石一样
迸裂,并一点点凝聚,结晶
我知道你会冷却的,像炉火遇上水
再遇上冰。但我不会结痂
不会腐朽,不会被锈迹遮蔽
我沉淀下来的铁质,会比活着还有分量。

铁,你是我人生里最珍爱的元素
你说过,打铁是我们一生的事情
我信任你像信任铁的品质

虽然这些话已经熄灭
但每一秒钟都活着
而我是个幸存者,
我一生的事情,就是整理那些
新旧不一的补丁
使我比锈迹斑驳的金属更有尊严

让我们再打回铁吧!

我始终不知道,铁是件好东西
铁是我血液里的某种物质
它构成了我的圆与缺,我内部的潮汐

许多年来,我一直缺铁
我太软,太弱
是什么腐蚀了我的牙齿,使我贫血
到处都布满了铁锈
直到我闻见了血,或闻见了海

整整一天,我们一直在打铁
我摸着我的胸口像滚烫的炉火
而我的手比炉膛更热
一股潜伏的铁水一直醒着
等待着奔流,或一个伤口
它流到哪儿,哪儿就变硬,结痂

亲爱的,不要停下,

我从来不怕疼。从来不怕
在命运的铁砧上被痛击
或被粉碎,只是我需要足够的硬度
来锻造我生命中坚硬的部分

在所有的女人里,我的含铁量最高
我需要被提出来,像从灰里提出火
从哑语中提出声音
从累累的白骨里提出芬芳
连死亡都充满尊严

深深地呼吸吧!在这个夏天里
连汗水都与铁水融为一体
从此我们将是两个不再生锈的人

亲爱的，有话跟铁说吧！

在与铁的对话中，我们显得过于生涩
摸着石头却过不了河
因为我们需要省略的过程太多

你看火焰这么高，而比火焰更高的
是今年夏天的温度。我们直奔主题
躲过那些枝枝蔓蔓的细节
躲过那一场雨。如果我们绕过去
经过背景的铺陈，那么铁就凉了
来吧，亲爱的，我有好熔炉
有什么话，就跟铁说吧！

一些铁器原本都已经生锈
一些火，变得奄奄一息
有谁还能从这锈迹里抽出锋芒
从这灰烬里抽出刀？
让我们彼此致命地痛击吧！
让灰尘散落，肉体露出它的本色

让心灵破碎,所有深刻的思想不再发声

当铁锤在我头顶呼啸,骨骼颤抖
我以铁的身份与你相遇,与火相遇
类似一场彻底的狂欢,只是我们没戴面具
铁从来不需要面具
而你用手艺说话,用铁质说话
我终于触摸到了那坚硬的部分
我们为什么不抱着铁放声大哭?

再次遇到铁

是风遇到了树林,风就有了歌声
是歌声遇到了哑者,手语就有了深意
是铁遇到了铁,铁就有了生命。

有了属于我的磁性。我像一小块儿碎屑
散落在风的皱褶里。不被戏剧呈现
我快要被风化,成为爱的鱼刺
被凭吊过的葵花带一点疯狂
还有我手刃的思想,屠杀的美。

我的发丝垂落下来。我的手是软的。
我的血稀薄。我有着鸟儿的骨头。
我噤声:这悲凉的里面藏着世界的刺
这软骨症的命运里埋着一丝乡愁

是铁把我挖出来。你需要扒开废墟
那些余震中的冒险
那些身体里的滑坡与滚石

我被击中的部分正在垮塌
给我点水,我就能坚持到余生
给我点铁,我就能炼成钢

让我带着余温爱你。带着我的呼救
我将要被你剔除的那些锈
还有我自己的阴影。也许那是精华
是铁中的铁,钢中的钢
是钢铁的碰撞叮当作响
我因此而具有了金属的光泽
连那些伤口都有了自愈的可能

铁,你就是我的真理。我的历史。
或者我的王国。我过去都用身体发言
用灯火中的胸口
用我沸腾的泉水和血液
现在我要用铁。用铁的硬度
让我们彼此挖掘吧!直到掘出矿藏
我们深处的金子带着斑点
带着天才的缺憾,却可以互相映照。

幸存的铁

作为铁的幸存者,我原谅了所有的苦难
那被延误的救援。那已僵硬的嘴唇
我原谅,我身体里的荒谬或错误
一次遭遇。一粒珠玑。或一寸爱。
我没有科学的锻打,我只迷信铁。

铁啊,我情愿我的皮肤都是液体
软到可以随意拿捏。而水也是有骨头的
只对你吐露真相。我今生无须粉饰
我要回到原始的野性里
摆脱所谓的文明。摆脱束缚
或者是摆脱我自己

也许我们打过无数次的铁,
但每一次都像第一次。
那些形而上的火,是你的另一种表情
我曾经试图要绕过它
却绕不过精神上的核变

一次诉求。一场欢聚。一次地震。
如果我已放弃自救,我还在不在?

我常常被夹在水泥与钢筋之间
夹在精神与肉体之间。像一个遗世者
与你隔着前世的废墟
而要搬走它们几乎就是妄想
我带着一种认命与知命的恭顺
等待 72 小时或 100 小时后的消亡

然而铁是个奇迹。你携带着火焰和挖掘机
比火焰更高的意志,比挖掘更深的泉水
……要救出我的生死很难
而要救出我的诗篇更难
我替那些遇难者说出绝望
替世界说出精神的残疾,或出口

铁,你这永恒的孤独者
这孤独的思想者。你的通道布满危机
你知道我是多么容易放弃
拒绝被救。这爱情里面的糟粕
这世俗里的屈从,这铁里的损毁
都让我不值一提,或不值一活。

我不知道你会如此坚硬
不知道你会刺穿我的要害

我不说疼,我有太多的断裂处
你已备好了针线、铁和药
我会被你重新缝合、焊接和止血
也许一个人的挣扎,幸存与救赎
从此有了普世的意义……

你这样的铁

你这样的铁太过理想。永远都保持陌生化
或者某种警醒。我不断追问的古代
那种金属的经典。你区别于陶瓷的地方
你不会生锈的品质。你被遮蔽的部分
埋藏于俗世。以及精神的深处

你这样的铁太过坚韧。相对于我的脆弱
你有你的质地。我习惯一次性用尽
用散落的碎片自毁,用灰填满
而你惯于让我冷却。你的每一次淬火
都会使我坚硬一些,再坚硬一些。

你这样的铁太过饱满。那些剩余的麦穗
被重新置于胸口。那些黄金的婴儿
被再次出生。我从未像现在这样多汁多液
一株雌性的植物被你爱过
亲吻过。赞美过。趁天色已晚

你这样的铁太过深情。彼此的凝视太久
我低垂着：我能不能穿越？
那些锈死的环节，找不到出口的风
那些徘徊在冥冥中的回声
渐渐地透出你苍凉的美，太平洋的海水……

致命的铁……

亲爱的,我已无法停止战栗!
我的每一个毛孔都已张开
我的炉火蔓延成灾。我刚刚知道
世上最美的音乐原是出自我们的手笔
我与铁的重唱:带着重金属的颤音

这是谁的铁器?谁的砧板?
谁的肉体在灵魂里疾走?
亲爱的,来吧,我已备好了釜底的薪
雪中的炭。为我致命一击吧!
我需要在击打中获得快慰
在淬火中获得坚韧
在茫茫的爱情里获得尊严
有多少碰撞,都在打铁里兑现吧!

我似乎爱过所有的铁,我确认
却不曾爱过其中之一
爱对我来说总是茫然。总像一场戏

除了你，我还能在哪里闪现
是以幽灵的形象出现，还是魔鬼？
而打铁与写诗竟是如此相似
仿佛就是一体。仿佛就是现实
让我把铁与诗融在一起，给你的！
让我把汗水与珍珠混在一起，也是给你的！
我不怕冷却，我坚信冷下来的铁
会比热着时更有分量——

铁，你是写在我身体上的诗篇
你用火焰写我：那静静地落在我胸口的灯
你用海水写我：那漆黑地穿越了我小腹的溪流
你用铁写我：那沉默地雕刻了我皮肤的刀——
你写下了我，属于诗歌的光荣。
神迹的密所。体内的仙境。
对人、对所有人的信仰——

关于铁的抒情与叙事

对于铁来说,那是一段被遗弃的往事
火是蓝的,有着自己的沸点和冰点
那把大锤抡圆了,汗水就流成了河

每次经过这团火,我都是个怀剑的人
我按住那道锋芒,像按住火山的熔岩
浪尖的嘶鸣。等待着与心动的人
来一场对决,那将是峰巅之战。
当然必须要等待那火候
早了或迟了,都会变成一块生铁

我积郁了半生的尘埃
一锤落下,瞬间便飞溅起来。
我露出了我的真面目、骨头
以及岁月的沉渣。这个埋在生活里的人
心上打满了各式的补丁
难免露出残破的针脚、斑驳的铁锈

至于打铁的轻重与深浅,我早已熟知
经历过火与水的人,都是坚硬的
所谓的大风浪,或大风流
都是被锻打出来的上品
更经得起时光的打磨,经得起生锈
才会让那些锋刃和尊严都有硬度……

打铁的人

一个打铁的人,就是一首诗的核心所在。
这个人沉默,面部不清,须发丛生,
他的铁散落在民间,又深藏杀机。

这个人必须有一副硬骨头。
必须在铁屑飞溅时,裸露那一身的肌肉
一个在汗珠里现身的人
必有着生铁的味道、淬火的味道
那一道白烟升起,他就是个欲生欲死的人

一个崇拜"铁"的人,比钢更有韧性
更不易折断。一块铁在手上被反复掂量
像掂量这一生。无论是鸿毛之轻或泰山之重
都要经他亲手打造。而那些闪光的部分
是亮在眼前,还是怀在体内
如何呈现永远是他的品格所致

一个打铁的人,持锤如同执剑

要的就是那个力道。轻敲还是重击
他惯于用韵律定论。他对于敌手也会报上名来
藏起那锋芒、柔情和对铁的敬意
只有他的须发、皮肤、目光都是利刃。
这与持刀不同，与蒙面也不同
在精神的层面相差十万八千里……

一个打铁的人，饱含着一块铁的天性。
他与铁互为知己，彼此守候又共同锻造
"铁"的生死便带一种玄妙。
如同他触摸到了，血的甜腥、水的沸点、冷的光芒

铁有关我们的生死

关于生死,我们用平淡的口吻说起
就像说到身边的铁。一些激情重温了一遍
铁屑就是我们的往事。不怕再开口
更不怕火烧到我们的内心。

在这个对峙多于温暖的时代里
谁还能找到属于自己的硬度?
疏松的骨质,流失的钙
从骨骼中丧失,却在精神上弥补

我们互相渗透的铁,在火中飘荡
有些伤是不可复述的。现在有了边缘之痛
每段经过的血都能够凝集
是良心上的疤痕,或凤凰中的火

铸就一生的荣耀吧,用铁的力度
还有什么能够击垮我们?碎裂的梦境
身体中的矿藏,都具有了铁的比重

我们可以死过数遍,但铁一直不死!

一个充满磁性的声音响起
要多少锻打才能溅起血肉?
我们的身心已一片残败。永不喊疼
病便成了一道屏障,目光更像凶器
刺伤了幽暗的锈迹。一段冷场的爱
在两段铁的轨迹中能否相遇?

让我们谈谈铁吧!

这个深夜有着铁的深度
幽深的酒和肤浅的诗
都像一次探险。潜伏在我们体内的铁
有了激荡的旋律:穿越、起伏、栖息、飞翔,
在自己的遮蔽中有了倒影——
我爱过两次,却都是同一块铁,
以及我们的废弃之火、破碎之唇。

它是陶,是瓷,是花瓶,是腰,是生殖。
在一切想象之上。我脸上的斑点
指上的蝴蝶,腹中的籽粒,
都有着铁的颜色与性格
那一段已了的恩怨,在栗中取了火
在火中取了铁,在铁中取了命。

今夜,我们从周期表开始漫游
回溯而上。我们从来不会等到冷却
淬火几乎等于猝死。那痛楚的唇

在铁水中开花,在开花时飘零
还有谁深藏着刀锋之爱
在瞬间爆发?未亡人的墓碑
刻在所有尚有余温的铁上……

铁与酒的诗篇

来杯酒吧,我要边喝边打铁
让酒在铁里升温。我从酒里品出的人生
已经走过大半。那迷人的美
美得其所。我要用酒来淬火,
我了解酒的燃点,当然还有酒的浓度。
那些勾兑的爱情早已被我稀薄
当我不再拘泥于章法,甚至于激情

一段生活的流水被盛进了杯里
我的杯中之物,都是烈性的
我的铁更烈!让我们一起吟诵铁吧
我冷漠的眼神就像我的拒绝。
还有左手的铁锤,右手的砧板,
在自我的决裂中找到了世界的出口。

找到了拒绝的理由。再来杯酒吧!
我打铁就是一段起舞。我的韵律私藏至今
无论是长调还是短板,都由了我的心性

我从来都关心我为何而舞
醉生的目的为了醉死
当那自由的铁充满了人性……

怀抱一块铁

余下来的温度,蔓延成火
你惯于暗里闪光
这个残忍的四月里
让冰与火走在我的身上

有一种撞击是致命的!我又脆又硬
连金子都不堪一击。我更是不堪一碎
我怀抱着一块铁在风中回望
或者是怀抱一块美玉。一心的草木开始泛青
我满怀的火焰不可收拾——

在坚硬的反面,被我软化的枝节
借用向你吹送的风,说出我的软处
隔着一腔海水闻到了生铁的味道
我未被淬火的铁还嫌生硬。
腥热。艰涩。以及粗糙的炼金术

我们打铁。用尽我丰饶的身体

衰败的夜色。用尽我此生的樱桃
我的清泉之水。我的珠穆朗玛之巅
那持续不断的秘密锻打
使我接受生活里的两面,此刻我已通透——

一块陈旧的铁被击打,露出血肉
一双斑斑锈迹的嘴唇,被一再戳穿
一棵树静止,而风不止
我爱你的硬度。如今再爱一次

再生的难度是一直不死
一把击碎的利器,一只穿透的箭
我的身上沾满了铁屑
微笑着,对你说:再来一遍!

你被旧时光打磨的珍珠
滚落在我的皮肤之上。一棵树
遮蔽了一片森林。一块铁
铸造了我的余生……

在去往打铁的路上

作为对铁的回忆,已有多年
当吃是种暴行,爱也是一种暴行,
这些暴行是从剑里拔出的!
我要在欢爱里外延……一个侍弄铁的人!
必得先具有水的质地,不会屈膝
而好铁不是用在恩怨上的——

在去往打铁的路上,我心肠依旧柔软。
我要和盘托出我的新伤与旧疾
就着那一顿好锤,把伤疤揭开
我要露出我的羞愧、血、自私和丑陋
从此成为一个坦荡荡的君子!

一碗好酒就是场诀别……
为了配得上铁,我要来场豪饮
最好是酩酊,每一步都像踩了云朵
我还要唱着戏去,从青衣到花旦都重塑了自己

"铁"就是那个掏了心肝的人!
成排的芦苇不肯向凤臣服
麻雀也不会向天鹅膜拜
我有我的手艺。我的毛孔会张嘴说话
我的血都淬过火!
作为一个重新回炉的人
我已准备好了呼吸
还有两个胃。一个用来消化痛苦
另一个用来消化营养
哦,这简直就是欲生欲死的节奏!

在去往打铁的路上
我像一个上了贼船的人,终要跟着贼走
一场决战还没有开始
就有了高潮……作为铁的未亡人
我要成为你铸的剑、炼的丹
要带着你的利刃和爱,继续赶往
与铁碰撞或交锋的路上……

每块铁都有自己的裂痕……

好钢要用在刀刃上
好铁要用在生死间
我写下这句话,就接近了一场戏的尾声

给你一分钟时间,要么你继续打铁,
要么你……为铁身亡!
静场的时间总是短的。
一分钟,时间到,请选择吧!

你想用这世俗的铁杀人,
我还拥有精神的刀,
你想用这精神的刀杀人
我还拥有俗世的铁!

从绿林里冲出的好汉,
请红着脸放下刀吧!
从烟火里脱胎的人间
请崇拜柴米和食蔬吧!

等到数条绳子垂下来,
等到捆绑、囚禁、牢狱……
你要冲破这铁一样的桎梏
以血肉,以筋骨,以深情。
能死的死了,能疯的也疯了,
谁能说得清谁疯谁醒?谁生谁死?
好像每块铁都有自己的裂痕
每个人都有自己的缺憾。

铁啊,你是这个世界最后的孤儿
身躯被变了形,脸被刺了青
心灵被压榨成了碎屑……
要扭曲这世界之形必先扭曲其神
而你的品格不变,硬度不变,
没有什么能够被拯救!
所以还得让精神的苦难继续下去,
让这出戏继续演下去——

在大地上孕育的铁

许多精细的事物被我忽略了
在沧桑的大地上,我绣过花
也播过种。但我更打过铁
当铁就是尘埃的一部分时——

一个怀了"铁"的人,孕相不明
河里的鱼、山上的兽都呼应了我的孕情
让铁树开花,等于让铁屑结果
连大风雪都不能遮埋的真相!

鱼儿产了卵,马儿产了驹
我孕育的铁含着数不尽的沙砾
一河疯长的泥沙与水草
阻不断那血脉的传承、母性的绽放
我要把我的铁揽进怀里
从此我只认铁是我唯一的儿子!

我要生出来世的铁!他必得比我坚硬

又有着柔情的燃点。他携带着我的基因
又能与泥土混为一色。铁啊请记住
只要是产铁的地方,就是你的故乡!
我体认了三生的归宿,
我要裸身抱着铁走遍大地,
哪怕再次被大地埋葬。

亲爱的铁

要打,就打一场旷世之铁
火星要溅到天上去
那心头的积雪全被震落
让鸟儿飞翔、盘旋,在天黑前回巢
让鱼儿穿梭、停顿,在醒前清白
而铁,只有你见过我的简体与繁体
我的强权与奴役,我搅动了几世的铁水
如今能用的全部用尽!

要打,就打一场豪铁!
这样一想,火焰就烧到了我的枕边
我备好了香薰与沐浴,
器皿里的水又斟满了一些
仿佛重新塑造:男儿折了也不会弯腰
女人低了头也比天高!
这弯过的灵魂还会站起,这命运的铁锤
一直打到魂飞魄散,在世界尽头——

要打,就打一场生死之铁!
一个厌世者的地狱,
一个滤去执念的天堂,
如今都涌出了甘泉,和灰中的余温——
我不在该诀别的时候挽留
不在墓碑中铭刻永生
我只成为一块发烫的铁
呼应着你的决绝,共铸余下的生死!

铁水与花枝

铁如此俊朗,花枝如此羸弱
清晨的地平线口含珠露
吐出如铁的旧貌,和似花的新颜
水泽里的鱼儿只望一眼,
七秒钟的记忆与眷恋
转瞬便成为前世——
我粗粝的铁,硬,坚硬
也能爆出炽烈的天真
我柔软的花,水,水灵
都生在枝节之外
我的境内,花与铁的混合
谁创造了这段艺术的距离?
如此陌生、禀异,我的嫁接术
无形的香啊!余香,包含着铁的腥气
让我微醺地走在人间吧!
莫名,无我,陶醉。我的哲学阐述
花与非花映照,铁与非铁相斥。
而我的笔触不到的苍茫

铁水已缠绕了花枝

花枝已被铁水淹没……

峰巅上的铁

久违的铁,我离开你已有几辈子了
我反复地轮回,就是为了刀尖能对上麦芒
为了高山配上流水

我一次次地杀声动地,却找不到敌手
身前的江山与身后的空寂
早已成了一场前戏。我的手按在铁钎上
沧海不动,一粟不动
那一段沉默的倾诉,只有一段伏笔倾听

而真正的打铁无须酝酿。我已等得太久
我在路上消耗了青春、酒、桂花
只为私设那绝世的炉台
有多少对手戏就有多少台词要说:
你且等等,让我先念完我的独白——

快把我体内的蝴蝶放飞吧!
快把那精神的铁质提炼出来——

庙堂之上的君主，江湖之远的游子
这铁一般的意志就是一场较量
仿佛在山巅之巅
这铁一样的孤独就是一座城堡
孤悬在流水之上

蝴蝶蜕去了她的粉饰
好铁蜕去了他的锈迹
这场铁一直打到手软，打到昏迷
一摊泥里的水或一汪水里的骨头
彼此的毁灭与重生、此岸与彼岸
让汗水与泪水互相地涂抹吧
直到天地翻覆，骨肉相连……

重逢之铁

遇到你并非刻意。没有规定的情境
不被预谋的一场相遇,说来就来
在周期表之外,陌生的元素

有一种体认,铁负载着家族的重量
我不吐不快。那些刺痛的族史
那些迁徙的脚步,还有男人与传统
所结构的故事,曾经因铁而炫目
因铁而生,而亡,这是对铁的又一次瓦解!

而铁潜伏已久,铁从未抛弃过我
等我想与他重逢的时候,他就等在那儿
满脸的庄重,一身的铁锈
铁腕强硬,那铁的气息弥漫了我

我归属于你。你就是我的忘我之境
我在弯路上徘徊,陷入
我的每一步都是歧途。是你的神来之笔

成为我的底色,我粗糙的爱

好男人就是这样的铁!坚忍,深邃
你有着隐秘的翅膀,能够带我飞翔
你不开口时,替万物代了言
那不屈的品格铸成了大爱
或大错,我在你的易折处被贯通

旧时光的倒叙,手艺的延伸
又冷,又热,这轮番的锻造会成精品
又软,又硬,在通往性别的道路上
你摘下了面具,露出了真容

你是我的工业也是我的农业
你是我的古代也是我的现代
你是我的身体更是我的灵魂

铁与花这场戏剧

铁,你是另一个自我,或非我
当手工遇上现代,城市包围了村庄
你折射出来的故乡,已非我的出生地
你显露的技艺,只适于我写诗
适于那想象的农事
在一场细雨或暴雪中,进入角色

在众多的金属中,我独爱你这一种
你左手的菠菜、右眼的秋波
都在海带中汲取了铁质
或在黑木耳与黄豆里炼出
我的每块骨头都富含了矿物质

我要发掘出一座稀世之矿
曾被腐蚀的牙齿、秀发、目光
还有我的亲人和土地——
如今都被一场炉火洗礼
消失的祖先与庙宇,谁能给我庇护?

给我安身的茅屋,立命的子孙

铁就是我的个人史诗,先于我降临于世
后于我继续活着。我家族的血性,
早已摆脱了文明的束缚
拒绝氧化,穿过水与火的牢狱
回归到真正的野性……

现在,我的心被疯狂击打,
那一场铁的风暴从我的右手卷起
经过我胸前的灯塔、腹部的森林
顺着每一条秘密的小径
到达我的心室。我颤抖、短暂的失忆
被震荡的花期!
我要死掉多少细胞,才能换来这一场新生?

铁和花这场戏剧,就像身体与灵魂的纠缠
到底是不是一场永恒的误会
或永恒的彼此背叛?

拿手好铁
——致我们家族的父辈

我们家族里的父辈,个个善于打铁
他们都有好手艺:掌钎、抡锤、淬火
打造农具也打造工艺品
质朴的镰刀、炉钩与耙子
当然也会给姑娘们奉上一场好戏——
一场叮叮当当的叫板声中
一把长命锁给了孩子,一件首饰给了情人
当然也有辟邪的器物给了老人

用铁来造就的脾气,点火就着。
他们都有铁的性子,喜欢烈马如同烈火!
打制马掌儿时要说马语
好像他们天生就通晓马性——
那马驯服,一脸的享受
还把嘚嘚的蹄声作为回报

打制手镯时当然要说隐语:
下手的轻重、火候的大小

都应着纹路的走向而生
要有云卷儿、波浪和树叶的浪漫
也要有山川河流的厚重
那一腔流淌着的激情
常常会经过九九八十一难
终是不为真经,只为一个姑娘

就像一手的女红,与描龙画凤相同
与绣花绣朵相同
与我祖辈传承下来的血质相关
大开大阖的好人生啊!
每个过场都走得云里雾里
走得酣畅之极!哪怕是戛然止住,
也必是打造出了长刀短剑
也必是经过了锋刃与锋芒
他们每个人的倒下就是一座丰碑!

我要接过他们手里的铁器!
不止是一把刀、一块铁。
我要打通那筋骨里的脉络
女人的花纹、男人的肌肉
这场盛世里的铁
犹如末世里的烟花
在行将没落的时候,再次绽放满天……

少年之铁出土记

多少年了,我们已丧失了铁
以及铁的荣耀。村庄成了过去时
老人和河流一样流尽
葬送过多少牛羊的山涧
埋下了铁面、火焰。我要找寻你
一脚跌进历史的皱褶里
那些岂非魔幻可以概括的现实
现实里岂非超幻可以概括的生活
都被铁消解。铁与土里长出的植物
和男人,如今都已被软化
没了脊梁的故乡,忧伤遍布原野

对仅剩的铁,我保持着持久的敬意
在转角的河边、甚嚣的尘上
我要吹开那表面的浮屑
像个朝圣者,我要叩谢你内在的光荣
为你写诗是为了反对我自己——
我说过。也是为了反对对铁的侮辱

践踏,以及那轻浮的抒情
一河的锈迹与厌世者流走……

村庄几近消失,谁还会在乎一块铁
在乎那古老的器具,那文明的失传?
在铁的气息中,谷物、大地与人
都在回望中屏息,落下雨或雪
那隐蔽的星辰、诅咒的利器
埋没了铁的意志与悲情……

现在我要借铁还魂。
我要把散落的铁重新聚起
挽回那铁的颜面、桃花的颜色
挽回村庄的前言与后记
我新写的跋:少年之铁出土记……

回炉的铁

从明天起,我要做一个铁人
从一块铁开始修身,提炼铁质
书写一段铁血的情节——
我要打出战栗的蝴蝶
那深藏于指甲里的太阳
打出雪里的腊月、冰里的火焰
软骨症里的春天。
能熬过这场击打就能活到百岁
能活过别人就是经典!

从明天开始,我要把泪水咽回去
把每一个哽咽的时刻
都淬一遍火。我就是块回炉的铁
不惧再一次被折断!
所幸我还有铁腕能够对抗
这伤口之唇,这不折之骨
使每一次的苦难我都能幸存!
我铁面、柔心,慢慢地接近了幸福。

第二辑丨春之暮野

仿佛春天

万里良田、蔓尖、流云。万里叹息
鸟儿瞬间就飞了满天
风起于青蘋,之末,之微

也起于美人的皱纹。隔空喊过的话
如今被折射在水上。待回到白纸黑字上
我的指尖便有了缭绕的气息

一只鹰俯瞰过无限河山
却看不见暗淡的角落
我的部分青春,还安然于青涩的花间

斜插一株艾草出门,有点闪烁
小儿女都在恋爱,古道上走着新人
那干净的齿间回荡着清风的味道

老牛羊还是一脸的满足
连绵的不绝芽尖,连绵的不绝春雨

使那份回眸也充满了仁厚

那一片溢美之荷,恰逢了这小柳蛮腰
都未负了这相宜春色。笔墨或浓或淡
那一片蛙鸣中有我高低不平的愁怨

我笔尖里的肥瘦,东风里的冷暖
高一声低一声的叩问,
都如初识的明眸与善睐……

在这世俗的礼仪中

喧哗越大,内心越空。锣鼓点响了
一阵紧一阵的脚步,催逼的未来
向寂静春夜里的嫩芽致敬
向水的婉约与草的卑微谢罪

飞鸟一转身便是另一片天空
如同一河的赞誉,掌间的美言
都能抵挡蚀骨的冷与病

让五月之父开始巡游吧,
叶子风动,五谷矜持
给牲口们草料,给每张嘴粮食
给喝水的动物们一条溪流

绕着灵芝、仙鹤的遗迹歌唱
灵魂已经出游,在草木的烟愁中
重回那丰饶的肉体之中
这世俗中广大礼仪终于找到了——

与之契合的精神礼仪。
万物都有了抚慰自己的理由
一叶与一花的逆境,在祷告中
慢慢地与风一起,都是顺境……

我欣赏

我欣赏那空中高于闪电的森林,
也欣赏大地上低过尘世的尘埃。
我欣赏雄狮的蹄爪之美,
也欣赏羚羊腾空的跳跃之态。
我欣赏那旷野里的孤独旅人,
也欣赏市井里的聒噪鸟声。
我欣赏一根竹子、几片枝叶的静止,
尤其是独自在月下吹笛。
我欣赏弦上的飞花与水袖,
心与手都有着遗世的孤篇。
我欣赏仙鹤的未动先飞之意
还有与百兽的物我胞与之情。
我欣赏那点睛的绝妙,
也欣赏那添足的败笔。
我欣赏历史偏听的部分,
也欣赏口口相传的野史。
我欣赏那辽阔的国土,
以及每一颗河蚌里痛苦的沙砾。

仿佛我内心里的沧海,

或大于宇宙,或小于一粟。

五谷之香

我认识的五谷都有各自的命
大风抚摸了种子的嫩芽儿
山鹰的翅上落着春天的灰

被风抽出的稻穗,也抽出了精华
如今它们都已躬下了身,
替糜子低头谢恩
我听到自己匍匐在地的声音
与大豆一起爆了荚……

我体内的麦浪有了荡漾的节律,
它带着草芥的谦卑,和麦粒的清甜
我所能描绘的五谷之香!
其中那残破的一颗,深埋着我的羞愧之心

道破那荒芜四季中的饥馑,
和一粒米的清欢。我向五谷乞讨!
这空虚之手,这满溢的身心

用手心奉出粮食，用手背祭祀糠壳
那些牵绊，那些羞赧，那些未竟的仓储
饱满、滋润，在香气中恩情四溢……

再次写到昆虫

那些一边飞行一边受孕的昆虫,
其实早已在露水中发情。
贴着水面,它的追逐是易湿的
振翅,旋转,抖肩,吟唱——
配偶们像一场飞白泼溅
连那软体者也有枯藤之美!
寻找那腐质的植物,那飘零的羽毛,
或以游侠的名义现身江湖
无须一叶,交配一下,爱就是舍己……

想飞的虫子都是饥渴的
它的卵产在暗处也能闪光
身体里藏着天敌的软肋
有关艺术的巢穴,无常的欢乐
黑色的鞘翅配上红色的斑纹
能活上一个朝夕就是传奇——
再被别的昆虫续写自我的庙宇
有时也用气味迷惑一下世界
在无形的烟雨和有形的烟火之间……

一只野鹤立于水边

只寥寥几笔,我的心境已经勾勒——
一只野鹤立于水中,纤腿,悠然,
生与死都画出了边界。
我要再配闲云一朵,貌似云鬟高挽,
状似流水无意。我握笔的手犹如焚香,
在一堆灰的余温里捧出我的火焰。

那有节瘤的树根上,还盘踞着纠结之态
一颗物外与世外之心,只一笔带过
每一次描述都显得多余——
我只要这一河自由的意志!
河岸的寺院响起尘世的钟
催魂儿似的落日向西坠去
亡故的人带着呜咽的水声——

而我驮着众灵的重量
有道屏障横卧于水波之上,
似卧蚕,似虹霓,似徘徊的亡灵

请把头埋进羽翼吧,不惧落入陷阱
更不惧落入自我的坟墓……

废墟……墟

我凭吊那一座青春的城,那废墟上的花
在漆黑的夜里,一轮歇斯底里的明月
那些近于迷狂的飞翔与坠落!
我迷恋那虚幻的气息,飘浮在我的叹息之上
它不在俗世的闪光里,却在彼此的抵达中
那凶险的玫瑰开过,那破碎的精神四散
它无限地囚禁了我的身体,
却无限地纵容了我的精神……

众花的花魂已被摧残、碾碎——
那随风散落的诗句已在世外
那些微弱的抵抗、细小的呻吟
那些诗意的顺应与呼喊,
还有被毁坏的、被践踏的、被禁锢的一切!
瞬息都有了纵情绽放的可能。
废墟几乎就是我们的故园,
在衰落中,在分裂中,在怀旧中,
如同迟暮之年的臆想,或弥留之际的返照……

每次的相遇都是恩赐

每次的相遇都是恩赐……
一匹老马,一轮落日,以及一首长调
在群山中静默下去。那河水中深流的
是那穿过破碎长夜的我的笔
它用最柔软的诗句把世界擦洗——
让动物们的嘴唇如此湿润
让一些植物的穗子纷纷扬花
让一些觅偶的人儿在风中相遇……

那些初出的婴儿纤尘未染
在东风里欢笑,在西风中啼哭
都像一场无遮无拦的掩埋
那些低缓而有力的留白——
就是十万山川的遗忘
或是一寸光阴的静止
就让记取与遗忘一样多吧!
就像登台时谢幕,繁华处转身……

飞禽飞啊!

能飞的动物都是有幸的。你羽毛柔顺
交颈而歌。你薄翼上长着迷人的花纹。
你鸣叫,那婉转的对于尘世的倾诉

我游牧的天性,适应了你的迁徙
从一根羽毛开始,我感到了万物之轻!
而尖锐的蒺藜绊住了我的今生
这精美的回旋之舞,这被春天唤醒的灰烬
这天赋之诗是你回馈的美
在一切屋檐之下或云端之上

我要帮你做巢,哺育儿女,我有丰盈的乳汁
当然也不缺少母爱
我要把所有的幼崽都当成自己的孩子

我重燃起来的逆行之火
如同你替我插了双翅
所有的逆境都是顺境的外延

我在高处眺望的那一片精神美景
风暴中的困顿,正渐渐地飞越樊篱
与那些飞禽一起,飞得那么高,那么美!

春之暮野

春之暮野,有一片缭绕的气息
鸟鸣时心便更加幽静。通往秘所的小径
一朵花、一只菌子也有朝拜之心。

所有浪迹过的天涯都不是绝境
都会有水,有漫天的草,有林下之风
牵牛花沿着裂纹爬上了我的鬓边

一些古老的物种正濒临灭绝
我想把你们全部揽入怀中
像我爱过的,正在爱着的整个世界

我与那些母性相通。一只母兽
面对猎枪时袒露了自己的胸乳
喂完最后一口奶,再从容赴死

世界啊!你分娩出了朝阳与血
却娩不出缺憾的人性,人性之脆

有时偶尔的崩溃就是恶念……

我要与一滴春雨慢慢落下,我还在人间,
与每一种生灵对视,看他们眉目清新
心地如画,我会如此怦然心动!

那被遮蔽了的光芒,那莫名的笑意
被那些植物灌了浆,授过粉的身样
都是一些孕味十足的河蚌

如果我有幸也结了小苞蕾,
我就是一坛丰饶的蜜罐,
三辈子也用不完的今生,来世还用

我在春夜推开我的窗口,哦你们都在
能在就好。我会遇上每一个游魂
谁还在乎我用老迈的声音与你们通灵?

每一次的垂爱……

生命本来就包含在万物之中
我们模仿了你的建筑,在危崖上
孤独的艺术总是被悬于高处
另类的自由像有毒的刺,像孢子破壁
拼死的一剑是用尽了自己
纤足、彩翅、复眼,你有着花样的年华——
要在蒺藜中求生,一个入世者的修行,
总在行脚途中。花粉饰足
蜂箱合鸣,每次垂爱都是摇摆的宫殿
更是人与花的三生!
一扇柴门前的笑脸如此拘束
你刺伤了它。一颗籽粒干瘪
你充盈了它。一颗芳心里的深渊
你无力打捞的爱,请翻跹吧!
你泛爱所波及的草木
窗前的牡丹和屋后的韭菜
与泛恨一样。伏上去呻吟一会儿
到处充满了私通的气息
像那些蒙了羞的清晨和花瓣……

小树林

黄昏的小树林就是一片阴影
万物都有喘息之声。
我的花与荆棘都带了伤
在一些枝丫中伸出新欢
能熬过这个夜晚就是来生——
我把自己腾空了三次：
第一次小乔木直起腰
第二次小灌木开满花
第三次小虫子委身于此
那些矮化的人品比矮化的树林还低
三朵花和一只小兽
都学会了踮脚、眺望、祈祷
碎步而行，仿佛笑意如灰
我指尖上的激艳，是堆积的鬼魂
已抵达白发苍苍的彼岸
用花瓣埋藏了花，用生命埋葬了生
仿佛我爱了两次，却都是同一样事物——

两岸

我的江河都出自悬崖。出自我的笔端——
在一个陡峭处获得落差
两岸的眉批——烟火,风信子
水与一副傲骨也在拔节
让我的河水又悄然涨高了几分
我的祖辈。赤足,豪饮,有着自由的天性
夏天里顺着河水摸鱼
冬天里逆着冰川溯源
那大小的波澜,在鸟儿的回旋中翻滚:
走出这座山就得救了——
隔着一山的哀怨,却是彼此的倒叙
锦瑟相传,患病的声调,每天恐惧
我是抱了拳的:流水里的祭日
秋虫里的青花,心里暗伤
都是一场怆然,涕下,也不论长短
不论青山与诗句埋了谁的白骨
终要背叛山水的初衷
背叛我内心里或深或淡的阴影

这反绞的双手
被绞杀的人情。
山与水从来不分家
上游是上游的情人
下游是下游的坟墓
我只在中游，不上不下

昆虫记

这个下午是我的,更是你们的
从蚂蚁开始,我重又认识了一遍
我童年时代的昆虫们侥幸还在
你们把我领回来,让我甘于伏在其中
在蚍蜉与大树之间撼动了自己

喂你好,小虫子,原谅我叫不上你的名字
有你的每个时辰都是美的
有时借助树叶或露水
活了一个朝夕。有时就是善意本身
镶边儿,透明,飞或走,死或生
能在这世上停下就是悲悯。

记住你们时很卑微,忘记时会更卑微
振翅、盘旋、鸣音、花纹
这些绝美的辞藻,是我献给你的。
爬行、蛰伏、狰狞。还有我不忍说出的
粗糙的形容,是上天献给你们的。
请笑纳吧!这喧嚣中的莫名寂静

一条藤

藤。一节一节爬着,爬到墙上、襟前
向上,平等,仿佛爱着身边的人
躲过阴险的窗口、陷阱、暗箭
用触须探了前路与芳心
摘下一朵谎花,没有结果的女人
鬓边是挂了霜的。
我有幸开花,顶刺,顺藤而行
惯于在叶里垂下头颅。
……他人都是我的地狱。老萨说过
而豁口的小孩儿、夹尾巴的小狗
被压弯了的筋骨,被强拧的瓜……
都有了一花一世。张望一下就认了命吧!
灰喜鹊登不上枝头
露水在清晨也滴了几滴
我羞愧且犹疑:暗结的珠胎又包裹了几层……

上坡，上坡

坡上，羊群走走停停，白云呼应
披着风雨的飞禽，会盘旋，一头扎进山后
我收割过荆棘与伤口
采过蘑菇与传说
山南水北是为阳，那里有我家的祖坟
五月，坟前的刺玫开得花糊涂一般
那些小兽率先成了仙
一回首一跳跃都有灵性
花鸟们都在，阳光就会发芽儿
我揣着一双翅膀，在夜里也能飞啊！
那些咒符和山色都变得轻盈
随风扶摇。那负累、那经血、那破碎
所构成的少年，我自认是有孕的桃花
能够分娩出水色和婴孩
还有那被脱过壳的米粒
掺了沙子的面。我被硌伤的牙齿
碎了一地的尊严……如今与我
互为琴瑟，与倒影

不知是谁的悲伤,让笛子吹破
花儿开败,让那些无名的山坡
沾上巫气、仙气,再重新命个小名
我叫她们莲儿、杏儿、梅儿时,
她们都用春雨般的音色,与河流一起回答了我。

途中……

每个人年轻时拼命离乡
而到了天命之年,就要拼命返乡。
不仅是身体走到回乡路上
还有心灵也在回乡。认孤独为知己
世间的人流时断时续,我却不在其中
一把羊角梳,沟通山前的梨花
沾雨,荷露,恰好对饮一两杯
沿着山势长成的白杨是我生前的男人
而现时,我却找不到根须,
枝叶散尽,来时与去时均是彷徨
家门口的湖光是空的
身后的山色也是空的
一扇扇的窗口躲着我,像一眼眼空洞
结满了蛛网的心,瞬间的盲目
千里万里的归途依然是异乡
一只疲惫的老狗,嗅不到童年
俗世的香气,哗哗的流水
露天电影、彩色糖纸

窗前的老祖母，窗后的剪纸、樱桃树
谁在开口喊我的乳名？
而喊我的人早已作古。
我左冲右突的时候
四处都是鬼打墙。我的返乡之路
一半已抵达，一半在途中……

悲悯

老狼吃下了羊,羊又吃下了草
草呢,吃下了什么?就像鲸吞下了鱼
鱼吞下了虾,虾又吞下了什么?
多少座山川,多少条河流
才能汇成十万里河山、十万亩玫瑰
还有十万个善意与恶念
或者是虫儿吃下了米
鸟儿吃下了虫儿
鹰吃下了鸟儿。那么鹰呢?
多少个春天,多少场风雨
才能孕出一颗星光、一座墓碑
还有一粒尘埃与一寸呼吸。

山间小寺

山坡向阳,山间小寺,
孤悬雾中。我偏爱你的地势之险
更偏爱你的冷清之境。
仿佛被遗世,被寥落。几点行人,
与乌鸦一样黑,散落在荒径
那幽处的一声鸟鸣,稍带凉意
那空谷的一朵兰花,与泉水相映
通往空门的路上荆棘横生
在河水里也摸不到石头
河边埋下的白骨又长出新绿
我坐下,清凉,干净。
我要卸下今生的戏装,水袖搭肩
不说台词,素面,裸足
才能配得上这一坡的荒凉
我只唱一句,且从一朵云上折回
"小河流水哗啦啦地响……"
又溅在岩石之上,或隐在一叶的菩提里
我已半人半仙。经过的一地碎花

一世恩怨、一盏长明灯
都在那座半掩的寺门里
在那半朵花的宗教里……

夜半醒来

烟花又起,旧符依然
故乡在对联里鲜活、枯萎
鸡对鸭讲:那不再祭祀的祖先
那纸人纸马的哀怨
那无法过河的船只好返身
如今都有了自己的身世
渡人必得先渡己——
风对牛讲:那不再质朴的河山
琉璃之瓦的月影
消失于山间的走兽
烟魂伏在某个节气里隐约在哭
鸭蛋青似的黎明无法破晓
雄鸡叫了三遍。第一遍露水盛情
第二遍万物孕育
第三遍鬼影遁形
月落了西天,我只剩下败柳吹笛
花鸟齐喑。我试图在回忆中自救
一层窗纸终被捅破

一些乱世的红颜,经声中的木鱼
都把俗世遗弃了三回……

时间的灰烬

在返乡的路上我身披大雪
在大雪的纷飞中撞到神灵
我背着的亡灵一刻比一刻沉重

像我无数次站在旷野上
在秋末冬初的黄昏时分
看着夕阳西下,内心里涌起的那层悲凉

如今,我的亲情也成为灰烬的一部分
我与它的疏离,像一根羽毛飘离大地
一个省份就是千万里的乡愁

用干枯的河流来抚慰繁华落尽
用漫漫的长夜来叫醒记忆的阴影
连那月色也可以起舞了——

一种深如洞箫的声音从林中飘来
虫子的鸣叫也染上了几分凄凉

我的身后跟着一团寒气

月亮又大又白,祖坟隐在蒿草中
如果用断流的河水来说
那就是我剩下的唯一故园

那已经锈死的脚门,那结满了蛛网的屋檐
那庇护过我童年的灵位
如今都已蒙尘。我未等开口却已泪流

时间附在被风拍断的窗棂上
窗前的树木,一棵与另一棵,平等、自在
我与这乡村的阴影一样,多余、寂静

我请求……

我请求我不在体内,在我以外
无须再轻言生活本身
归纳到我心灵的事物,都重新有了枝叶

我请求借肉体复苏,借灵魂休眠
在无限隐秘的夜晚,人鬼低飞
性灵与原欲的孪生子抱拳问好

我请求林中之风吹过我
却吹不凉我的一句话
我的心还是那么温柔,少有凉薄之意

我请求月亮总能拉长世界的影子
那正月十五的雪打灯
会在八月十五的云遮月里露出真容

我请求所有的空巢都有烟火气
神灵会降临人间,人间也能通灵

老人们不会轻易生病,孩子们不会轻易掉魂儿

我请求乌鸦与喜鹊都在檐下筑巢
慢慢地感染彼此的腔调
在细雨蒙蒙的时候安心孵化、孕育

我请求去除我的占有之心
在众生之上,我单独存在
忍冬花上落下蝴蝶与蜜蜂,轻盈、隐秘

乡村教育

我启蒙的地方,每天都要被一条狗追赶
狂吠,吓破了胆的童年
被写在黑板上。公鸡打鸣的时候,
那些游魂便归了位
就像人生的第一页,从头乎刀口开始

从字典里的声母与韵母开始
我的乳名被母鸡叫过,被鸟雀啄过
被门前的爬山虎、门后的樱花树修剪过。
从我脚边蹿过去的狐狸
与我通灵了一个时辰。那头温驯的小羊
让我有了柔软的眼神
对万物都有了怜悯

我在春天朗读唐诗,写秋后的燕子如何南迁
观察水里的蝌蚪如何长出尾巴
在登台演出的时候,我抹着红红的脸蛋
却忘了卸妆,走在街道上像一个鬼魂

我弹起脚踏琴,随着树影晃头唱歌
踩着椅子写黑板报,画一座城楼
黄昏时候成为画中的人儿
用僵尸行走,用孤独复活

不被人接纳的游戏。我独自跳房子
我总能躲过那些沙包的追打
在跳皮筋的时候,脚尖够到胳膊
一次次被自己击倒,眩晕,昏死
我死过的次数无人知晓

在篮球架下,我总是投不进一个球
在高高的讲台上,我只能望见一些人和一些牲口
在那犟牛身上的累累鞭痕中
懂得叛逆。在那鸟儿养育的多嘴女人中
明白沉默。浩荡的春风里四野空寂
一片叶子落下了一生
还有一粒尘埃,飘起,蜉蝣之游……

母

我要写这些为母的兽们
写下她们的孕期、产房与幼崽
那不能选择的疼痛,那不能制止的流血
和那些可以自愈的伤口
她们在天空中受孕,在水里分娩
在巢穴里孵化,在暴雨中哺乳
用那蓬乱的羽毛、那细小的鳞片
那锐利的爪子和牙齿
她们的水流、岩石、丛林与云端
那伟大的繁殖高低起伏
夸翅的母鸡、护崽的老虎
冷血的鳄、温血的鹿
这些为母的鸟儿、鱼儿、驴子、豹子
此刻都卸下了盔甲与伪装
露出比春天还温柔的眼神
这胎生的、卵生的,长鳍的、长蹼的
脊椎的、爬行的、直立的、飞行的母亲
以及喂奶的、喂虫的、喂命的母亲

有些悬于巢上,有些飞在风中
有些潜在水底,有些埋进土里
在风雪之中,在波涛之上,在洞穴之间……

一窝蚂蚁

在雨前出动，嗅着食物的气息
它们遍布在树丛、草间与坡上
你善于造桥、筑巢、搬运
惊蛰之后，有翅的比无翅的更有生机
虽然最终都要脱落
它们切割叶片，储存种子
而我栽了一棵小树等你们
在院子里撒上馒头渣等你们
养了一些家畜等你们
是的，我们都爱甜食，尤其是糖
被你们拖进洞里的童年封存了起来
每次的反刍都更有味道
一些人在雨后出没。被惊扰的线路
你们四下逃散。冬天大雪把门封死
你们被人类堵死。
人们从牛身上吸奶，你们从蚜虫身上汲蜜
我们共同培植的蘑菇
一半长在阳光下，一半长在蚁穴中

羊这一辈子

凡是小动物都以弱为佳
一身毛茸茸的皮毛,一双红红的小蹄子
叫声是那么勾人心魄——
草是听众,泉水是听众
放牧的人也是听众。那人与羊的唱和
像把一只麻雀赶到另一个窝里
有时也像皮鞭抽打,
成为寂静中的寂静,伤口中的伤口
一把年纪的老羊,放它的人
是一把年纪的老人。他每日喝酒
磨刀霍霍,他只保持着锋刃的亮度
却从不对弱者下刀
羊与人都交给了时间和命
羊在坡上吃草,人在草间吃土
羊老了已是默不作声
人老了已是无力动刀
羊要被埋在草里,老人要被埋在土里

嗨，小虫子

你们在我的窗外活了一个朝夕
这比针尖还细的、比米粒还小的虫子
有翅或无翅，六爪或无爪，一对触角
幸运的还有复眼。你们陆生或水生
当然也有寄生的。你们这圆的、扁的、
带壳的、斑点的、鳞片的虫子。
你们这蜕皮的、变色的、发光的、
跳舞的、鸣叫的精灵
你们从花蕊上爬过，就沾满了这世间的蜜
从树叶间起飞，摩擦振动
就把求偶的花粉撒了满天
许多植物都因此而开了花
许多人都因此而结了果
在荒废的时光里，你们一点儿都没有浪费
飞的飞，爬的爬，蠕动的蠕动
潜伏的潜伏，冲锋的冲锋
繁殖的繁殖。也许能借阵风上天
也许被一滴雨打入地狱

除了这河滩、草丛、天敌之外
谁也不知道你们走到了哪里

草木一秋

秋日有一种衰败的气息
他站在旷野上,落日下了西天
一些虫子气息奄奄,天狼星孤独闪亮
炊烟也弯了腰。吆喝牲口的人
比牲口还麻木。两个被牵拉的木偶
走过了山梁又从沟壑里冒出
魂儿已掉了一半。他一边喝酒
一边赶路。越过这道坎儿就是春天了
他却倒在酒里。被一根草芥绊倒
牲口绕过树枝也绕过了他
仿佛日影歪斜,叶子归根
那个随时都准备埋葬牲口的人
却无法先埋葬自己
天说黑就黑了。没有人点灯
仿佛都在等着一个时辰
一个灵魂啪啪地拍响院门

一只猫的春天

小满来了,小满鸟儿来全了
吹柳笛的少年呜呜地跑过去
满院子的风,满街的孩子们
满天的鸟儿遍地的虫子。
如今能空的都空了,而你独醒
有时在房顶上留下梅花瓣
有时到屋后的坡上看看主人
孤坟寂寞,春风荒草
你深一脚浅一脚地来到河边
那时野猫成群,在草间起伏翻滚
那擅长勾引的叶子也成了精
那为驴的、为马的、为人的、为鬼的影子
都在随风起伏,游荡,停顿
母鸡们抱了蛋,耗子们打了洞
人畜相依的好光景——
如今这人迹罕至的人世间
你已多久没被人爱抚过
没被猫嗅过,没被耗子躲避过

你依然卧在山间、水畔、草丛
能活一个时辰都是奢侈
那狸猫的叫春，那灿烂的花草
那广阔的河流和大地
都被你看成了一条缝儿

与飞禽对视

有你的世间是美的。在院落里
在月亮中，或在树梢上
你倒挂着或蹲伏着或站立着
我对你的惊扰是善意的。别怕
我也有母亲的怀抱。如果你愿意
我们都是初生的婴孩

这世上从来就没有弱者。你当然不是
你那未动先飞的羽毛是美的
那易露的敌意也是美的
请看清我没有翅膀，也不会鸣叫
更没有空中捕食与水上漂飞的绝技
当空气微颤，露水破裂
你的听觉与视觉都是一场盛宴
星象和气象形成你的美学

让我细看你身上的花纹吧
是模仿了豹子还是蜻蜓？

而我模仿了你。你逆行的风声覆过山川
这被携带的基因或命运——
我追赶未及。你闪避的样子
让我想起倭瓜花、含羞草
想起我那未凿的天真。那墨中的黑白
那被掀开又被遮掩的眼帘。一个小人儿
开窗闭窗，里面坐个俏姑娘……

给小动物们的信

亲爱的小动物们,你们好吗?
离开你们这么久了,你们是否还在?
那些蹄瓣的、顶角的、带刺儿的、盔甲的
那些花样美兽们。你们还记得我吗?

仿佛上辈子,上上辈子
我扔掉了自己的路,跟你们上天下河入洞
跟猫头鹰学假寐,跟花喜鹊学登梅
跟鸟儿说鸟语,跟蜥蜴学变色
傻狍子带我撞到树上,伤口会自愈

你们一起挤在门缝儿里
或挂在窗棂上。看我如何帮羊儿产羔
帮小鸟捉虫或帮小鸡破壳
你们的恶作剧,用五色杂毛恐吓我
用阴影的爪子笼罩我。

我尖叫的火苗儿歪向你们

你们怀着窃笑,任我跌入恐惧的深夜
再搭救我。每个小动物都是我的庇护所
用艾蒿帮我驱蚊,用香气助我入眠
连马蜂都会帮我舔净伤口,再用蜜来涂抹
我们一起躲进童年那个陷阱
却躲不过一场莫名的追杀!

这些段子都被我编进我的辫子里
成为我女儿的童话。呵呵,她也问候你们
小刺猬、小时的我、小狐狸
她愿你们都能找到尘世的天堂
树林、巢穴、草地、食物链
找到母亲,如今她一个人伏在世间,
看着你们日渐稀薄的样子
她禁不住学一声鸟鸣,那么惊心……

那些坟茔

这里埋着我的祖先,家史与灾难
不知道多少代,那些被埋没的
那些塌陷的、那些削平的
骨殖和历史。它们长出了树木
花朵、青草和后代
有的墓碑是斜的,有的没了字迹
有的倒伏于地。对于没有子孙的故人来说
山风与野兽都延续了他们的生命
在墓地与人间,只隔了一层窗纸
那漫长的飘动着的荒野、人和牲畜
一个挨一个的清晨
在每座坟前插上一炷香
为他们叫一回魂儿,哭几声
扶着那一段香火,遇着寒夜里煨火的人
酒后冻死的人、朱门前饿死的人
他们纷纷从墓地里站起来
我答应着他们,却没有看清一个人

被鸟儿言中

每天被鸟儿叫醒,它们吵闹着
争论春天。一只猫站在窗前打盹
一棵绿叶菜上伏着天敌
草根间藏了毒素。一只鸟儿出飞
总要遇上天空。一个人出门
总要遇上道路。我进退都有埋伏
那一对火鸡耷起了翅儿
那一群牲口乱了伦
与河流一起淹没的民意
都顺从了命运的唆使
我一条道跑到黑,一只鸟叫到死
也无法从候场的角色里分离出去
鸟儿飞上天是那么轻呵!
而我乱世翻飞,在鸟语中体认
在鸟群里失语,在起落之间
不幸被鸟儿言中,被真理击中……

这些荒凉的事

那无名的草芥是卑微的。
除了树木、庄稼、蔬菜
这遍地潦草的足迹。软茎、软心
像一群盲者,顺着雨意、风声走遍天涯
而狂草是件荒凉的事情。

那无名的粮食是悲悯的。
垂首的稻穗不会抬头
拔节的哑语也是轻的
像一些献祭者,顺着大道、心肠回到命里
而吃饭是件荒凉的事情。

那无名的牲口统称为牲畜。
拉磨的驴、拉脚的马、拉人的牛
你们有食草的习性。却被肉食者食
嘴是刀的另一个出口
生为牲口是件荒凉的事情。

那无名的死者统称为亡者。
有墓碑的没姓氏的,有衣冠的没尸骨的
有尸骨没灵魂的
都是隐身于荒野的人
终将成为荒野的一部分。
生为人最终也是件荒凉的事情。

第三辑 | 无处不悲欢

组诗：十二时辰诗

子时：逝者如斯

死去的人都附在植物上
左右徘徊。他们适于此时上路
春天送走了蚯蚓
白发人送走黑发人
那些安静的事物
偶尔蹲下来小声说话
我却已意会了那些偈语
在背阴处，一条河渡了一船人
一条绳索渡了一个绝命人
却没有一个肉身可以渡我
逝者在塔里，生者在笼中
包括那有限的时间与无限的时空
我们都在巨大的容器里
或自我的容器，彼此罩住、隔绝、囚禁

丑时：生死徘徊

能在葬礼上出现的人要忍住哭泣
在所剩不多的余生中
吊唁的脸半明半暗。哀乐一起
就会有露水接驾。明月桥上
那一位仙子，如若烟云
请大喊三声，不要回头
忽然不见了那衣衫飘动
一阵风吹来，带来一生的否认
谁不是那个歧路上的人？
只有花信子飞走了
我从不知道你姓甚名谁
祖籍何处或芳龄几许
一只独角兽隐在暗处，万物张开
它熬过、错过、借过，那个断肠人
还跪在菩萨面前，一脸虔诚

寅时：黎明之前

在那荒凉的旷野之上
我总是怀有秘密的人
鸭蛋青似的黎明并不易刺破
可我脸上刺绣，乌鸦与天鹅各自显灵
在不能飞的时候

我借用那条鱼的呼吸

潜入水底。闪电驮着一匹瘸马

被炊烟升起在地平线

那被剪开的古老绸缎

被露水承接的打碗花

如果能有佛陀在此停一下就好

我在破晓的东方打坐

等待万物显形,一些鬼魂只好不舍而去

卯时:恩怨已了

我到底还是任性的人

在月全食时,我的脊背会生出凉意

隐在世上或世外

皆是阴郁。那些不吐不快之事

一转眼花儿吐了蕊

螳螂甩了籽。一只鸟站在枝头断想

我的喉咙处:木火通明

一有风吹草动,流水音便发炎红肿

凡是恩情都无须回报

闭合是兰,展开便是蝶

竹林里有菊两三枝

蜜蜂一巢。鸟鸣是湿的

在这凉透的人间……

辰时：在繁花中央

乱世里的窗，眼里的戏台，皆为空虚
才子与佳人始乱，终还是弃了
有人喝了倒彩，有人忘了戏词
那交换了的哭笑、刀枪、脸色
都成为一个戏子的情书……
在繁花的中央。所有的灿烂都只是假象
关于护法与度母，揭开那黑暗的世间
那些埋名于戏中的人
多是埋葬于江山的人
一股祸水中窝藏着红颜
卸下的妆容里只有残荷的幽怨
一朵兰花夜里谢了，她是那么瘦
那旷野的悲伤，被风吹得细弱
她提了提自己的裙裾，凋零下去……

巳时：不说悲伤

我爱着童年所有的上午。倭瓜与谎花
爱它的虚假，貌似圣女果一样无辜
芦苇左右逢源。我触摸到羽毛之轻
微闭，颤抖，一些神迹的唆使
被白鹭清点的河流
让位于体内的高山、陡降的水位

露出了那只伪装的土拨鼠
那貌似花瓶的树荫
可我只爱世界的背面
爱那些疯长的树木底下
不见天日的菌子,最低处的灌木
那青春期的叛逆目光
八九点钟的家禽,出来觅食
赶路的小虫子还不知死活
我却只想与院里那棵果树一样
在必须被嫁接的时候忍住悲伤

午时:小憩片刻

难得有了一小段时光:可以无聊或有聊
可以有趣或无趣。我说声:午安……
那抽身而出的蚕蛹,你好!
那压下的一枝海棠,你好!
只有我的身体还保持原版
人生到了正午,阴影面积越来越大
一座山爬到了一半
我不再奢望山顶。一本书读到中部
我便预知了结局。一些野花野鬼
会顺着一条河流挤过来
放肆地铺满两岸。我眉心有痣
眼里瞬间涨满了自己的白发
在与另一个我交换眼神之前

我的魂儿已不知所踪。只愿自我、非我与他我
每天都可以自由穿行。每天都能团聚
只想比窗外的灌木丛高出一点点儿

未时：羊儿跑过

在荒凉的山坡后面，云朵都是低垂的
一只羊儿跑过来，就像我跑过去
在适当的距离停住，打量，有点羞涩
我们是多么适合那个坡度！
羊儿，你用梅花蹄瓣画出了我
你用一种眼神拯救了我
让我面对山川时显得更加沧桑
那只小羊不懂陷阱，一双小蹄子盛开
就像某个女孩子的昵称：俏皮，亲切
有点小恶意。而那未凿的天真，
像干净的婴儿，让我只想抱一抱你……

申时：菜园来信

会爬的植物都是有福的，一天只要一点点
每攀爬一节就会幸福地喘口气
那些细小的脚尖，我习惯为它们穿上小鞋
看它们裹足而行；用糖纸罩住嫩芽，
看它们如何挣破束缚。从绿变红
就是一个少女变成妇人的序曲

而我擅长架秧起蕻，在蔓儿抽出新芽时
悄悄地改变了它的方向
我领它们爬上了屋顶、墙头儿、辫梢儿
有时它们被风雨抽打得抽搐
如今外来物种攻占了菜园
叫天子飞上了天
谎花们落了一地。
小蚜虫吃光了树叶
螳螂在叶脉上产了纺锤形的卵
等到我读到这封信，虫子与蔬菜死了一地

酉时：灯里苍茫

多少清丽的骨植被埋于山河
多少千古的绝句被埋于历史
鹰翅高悬，一腔的悲凉点燃灯火
赞美那笑里的苍茫，要理解一只家畜
在家门口的张皇。那分裂的灯花
隐于新婚的面容被摧残
树叶一样蜷曲的老人，被风吹掉了门牙
与那一个豁口的小儿相似
等待被领回家的，还有歪歪斜斜的老狗
只有一个少年坐拥十万里的夕阳
他红彤彤的脸庞，刚刚沾上一二的鸟粪
听完一段盲人的说书，继续站在黄昏中
像一匹清晨般的丝绸，清新、舒展……

戌时：此时明月

万物被勒住了喉咙，我被勒紧了心灵
在山口里浮现的那个人，单薄、黑暗
一路低头诵经。身边的草木都变得无畏
可他还没有领悟，还有恐惧。
要捧出一个真理是难的
需要旧时剪烛，需要窗花、恩爱
快抱紧那殉难的牛羊、冰雪与一场风暴
像一个献祭的人，洒落今生的眼泪与血
在明月升起之前，万物都找到了因果
我带着自身的庙宇，走到哪里
哪里就有菩萨。在任何一个经声起伏的地方
动物们都褪下了皮毛，屠刀都放下了杀伐
我会默默地饮泣，用笛声埋下春江
花朵，一切高于月光的此时、彼时

亥时：致满天星光

小丝瓜在修炼自己的功夫
小绒毛眨眼，像初生的幼兽
一切会呼吸的事物都在秘密生长
有如神助，佛陀一言不发
我美于空虚，一场欢宴里的败絮
在小鸽子的咕咕作响中，露出败象

一颗流星刚刚坠下，另一颗还在路上
美人赢得了男人，却赢不了星空
它几乎就是时光的代名词
那迟暮的美，那沸腾的人世
比庙堂还高，比江湖还低
这喧嚣的星空是多么寂静！

组诗：月照着我，我照着月

> 江畔何人初见月，江月何年初照人。
>
> ——题记，兼致张若虚

吹动

李白照着月亮的我境
这月的霜华，吹动那人格之美！
东坡照着月亮的物境
这月的冷峻，吹动那超然之美！
若虚照着月亮的虚境
这月之无穷，吹动那哲学之美！

月啊，让风吹动你的宇宙、我的洪荒
让那须臾而生的事物转瞬消亡。
月啊，让诗吹动你的嫦娥、我的广袖
是你让孤独丰富了心灵，
还是让心灵体味了孤独？
月啊，你流走了三生的春水，
却流不尽我半世的青春。

让花儿吹动那临风的少年

让白发吹动那乌黑的镜台
让酒杯吹动那葡萄的灯盏
让碎心吹动那寂静的光芒
我们想要的永恒,各在心野——

月就是我,我就是月。
月照着我,我照着月。
我要飞啊,飞向那澄澈的天空,
那无边的宇宙。用春秋,用魏晋,用唐宋
用武陵前的一声轻唤
来了?是了,我抱拳施礼,来也——
江水屏住呼吸,仿佛所有的气息与神韵,
都凝聚成清丽的骨骼与魂魄!

月下吹笛

多么寂静啊!江水是开阔的,万物美如斯。
先生,吹笛的人也吹动着内伤,
在那流觞间,光阴被撕成了两面,
一面流于世间之累,专注那不舍之水,
一半困于半截朽木,一吹多年——

有些浮尘被什么拂去,江水屏息
那千古一轮,是从水面或唇上升起的吗?
那春天的气息在波纹之间——
瞬间把我照亮,嫩芽儿从手指里抽出

先生，我目不转睛地看着那个衣袂飘飞的你
那一副白面，一双纤指
江畔的那群白鹭，心上的那团烟树
都被你赋予了新意。只有桂花适于想象
适于芽尖儿上的月亮，任众鸟缠绕
那哀而不伤的流水与嘴唇
才配得上那清幽的笛孔，及最后一捧灰

箫声太过呜咽，琵琶太过激越
古筝太过凝重。只有长笛横在美人的嘴边
像一场单纯的约会，青春灵动，明月初升
我坚持吹笛，吹起那笛孔里的微风
时代的烟雨，自然而微凉的一幅江山

无处不悲欢

我要如何与你相遇啊，先生？
我要选择哪一个无瑕的年月，
哪一座无字的墓碑，
哪一片无语的春之暮野，
等在哪一轮明月之下，
才可以成为月下的新人与云朵
雪后的驿桥边，停顿的仙鹤
千年不过是一座篱笆，
要越过的关山千重，红袖里似锦

在诗里或在逝水里与你相遇?

天下明月,无处不悲欢!
我吟过这句诗后,一阵微风便入了林,
月华是洗过的。一阵薄雪便覆过乌丝
菊花是觉悟的。那滔滔不绝的诉说,
如美人口中悬着一条大江
敢问先生,看那轮明月,照过古人,
也照着今人,你我不过是那月下的一粒尘埃
江中的一道水波而已,
那不灭的万古光阴,
只有一只神的白鹭,恍惚而过——

恰好初读

初读你时,我还少年,扑面而来的江水
光阴与明月,是那么的浩荡无边!
只觉得春天是如此的喧嚣,年华是如此的奢侈,
我所能挥霍的时光,层层叠叠不可穷尽。
而今我已中年,正是微雨的午后
那辗转的人生,看遍的无常
在阑珊中隐退,在回首中默然
剩下的是无边的宁静与一脸的惭愧。
当然,还有隐约的白鹤,翩然落地
仿佛我来到了江边,等待一个人,
没有巨大的欢喜,但也没有刻骨的哀伤,

只是在月亮初升的时候,我口吟清风
不多不少的喜悦与不增不减的爱情,
慢慢地,让香草与脸庞都湿漉漉的……

从此天涯一首诗

多年来,我写过那么多的诗,
但独独不敢给你写过一首。
我掌握了太多的词藻与修辞
却怕写喧哗了,也怕写轻浮了,
当然更怕写死寂了。

那离别的伤感,被笛声吹薄
阁楼上的姑娘眼有余光
即使是从此天涯,我也不会断肠。
被时光浸染过的心,成为自己的心经
每天念到三个时辰,那一己之惑
为久久不能挣脱的自我低而又低
哪一首超拔于天地的诗能吟诵给你呢?

先生,我也许越过了那些浮躁的年月,
免不了的流俗,化不开的阴郁
都因你而清新如画——
无比疏朗的眉目,有了灵动之气
一本秘籍被仙人翻阅
那纷纷的落英之手!你破译的宇宙苍茫

都有了纤毫毕现的波涛，和一清见底的澄澈。

春天的戏剧

是的，写春天的戏剧，我不想在春天里写，
我想在寒冬里写。这样，我抬高了枝条与御柳
却压低了蝶翅。一个人的春之薄暮……
在霏霏的阴雨中，枝头上奋力挤出的一点春意
又被寒流笼罩。我只关心你为何绽放，
却不关心你如何绽放。此刻西风自凉
想象那一树一树的桃花与新绿——
被风吹起的样子，少有的凋零之意
江水一样地蔓延。而我擅用肢体表达……

在此之前，读《诗经》的感觉最好——
那未经雕琢的璞玉，那蚌里珍珠
那流淌的自然之书！率真与质朴之人，是可爱的。
后来那堆砌的江山，那奢靡的红粉，
纵使百般推敲也是有痕迹的。
直到读到你的诗，我口齿清新，满目梨花
仿佛在月夜里推开窗棂，一地的月光，那么白！

春风第一枝

反复地寻找你的简历，实在够简，
十六字，只有几个关键词旁逸而出：

吴中四士、文辞俊透、誉满京城、兖州兵曹。
历史似乎不肯再多说一个字,
这便是恰好的你,恰好的神秘——
我尤爱这个"透"字,其实"俊"已够干净,
何况还那么"透",瞬间便是一清见底了。

何来何往?在第一枝的枝头
纠结着尘世的喧嚣、孤立的少年
身前的经典身后的日月
所谓的孤篇,是二十四桥边
沙鸥惊飞。你以一枝海棠压倒春天
以一缕东风压倒全唐
你要挣脱的流霜、白沙汀上
使你获得了哲学的高度!
在捣衣声中闲步,离人的春光隐现
使你获得了生死的秘诀!
你便有了"顶峰中的顶峰"——
人生是何等的辽阔啊!可与天地比肩
更可以送美人兮,到任何枫叶的水边

而你的诗篇都已了无踪迹
像一双翅膀扑打空山,一座空谷扑灭了兰花
有人焚了稿,你却焚了心
让巨大的疼痛哺育火焰,熄灭的不全是灰烬……

有月亮的水边

……多么好啊,你没有任何背景留在人间,
反而给了我一个无限想象的空间,
我任性地编织你,而每个人都能把你想象一遍,
那便是千万个不同的你了——
这样,一个人的深夜里,
我的夜色被那一江的春水滋润得如此丰饶,
我似乎感受到你的呼吸了,隔着千年,
我和月亮坐在水边,与你换了韵
成为透明的两只酒杯或葡萄
洗尽了六朝的脂粉,慢慢地步入你的芳甸
不再惧怕一下子被留在旷野之上
也不再惧怕那片刻的灿烂突然笑意如灰,
时光短暂到手不能书写……

我所钟爱的……

我要为你写一首诗,还要写一出京剧,
只有那样的百转千回才能配得上你。
我要进三步退两步地爱你
拿出我的童子功,用海岛冰轮写你:
——"怕流水年华春去渺"
我喜欢那阴平与阳平的映照
开口音与闭口音的交错,

一运手一运眼的流苏,
一转身一回眸的繁华与寂寞……
我所钟爱的西皮流水,尤爱散板
四平调更是我独尊,只用单纯的笛音
凭空就会响起旷野的悲鸿之声,
所幸我还肝肠未断……

白银器皿

写一份蚀骨之爱,但必得是不能实现的爱情,
谁扶直了炊烟,跌倒了落日?
谁用一只鸽子的羽毛就抵达了神祇
谁就是诗歌之灵!那些仙人们
白袍加身,有如雪花飘落,
细水在诗词的腰间
透露出艺术的底细

那脱俗的帘中、透明的剑、闪亮的白银,
对你来说,这就是你的明月,
飞天的度母。那古老的器皿盛满了鱼纹
《诗经》里的鸟兽、夭桃与草籽
都逃不脱自然的法则、众神的法相

你与天地通灵的只是一缕炊烟
遍地的敌手、俗世里的君子、乱世中的王
这棋盘走到绝境,必有一场盛大的别离,

必有生而死死而生，必有美人的灵魂出窍
这难言的安顿之心，扁舟子扁舟子

顺流与逆流无所谓幸与不幸，
天空降下了丝绸与草纸
我要替你再现这个梦啊，我要成为你梦的一部分。
梦里的恩赐春雨、月亮羽毛、莲花灯盏……

抽离感

东方之美，美在内在的曲折幽深，
美在人生哲学！从入世到出世，
都是严肃的人生道理，现实的柴米油盐，
需要被艺术虚无。一种凌空的舞蹈
仿佛那巨大的喧嚣置于空荡荡的舞台上
唱得越是繁华，内心就越是空旷
那极尽夸张的脸谱、那大开大合的唱腔
那十八般武艺，都是对现实世界的一种抵抗。
是的，真正的艺术不是顺从而是无限的抵抗！

一句唱词便把底处的凄凉唱尽，
一掀门帘便是两种身世、两个世界，
一挥马鞭便过了万水千山，
一桌二椅，演尽了三生三世十里春风
还有那袖里乾坤与指间锦绣
这是何等的高级！先生——

也许我不必太追究你的身世
只是春天过去了一半,你还没有还家
人生也已过半,本来就是假戏真做
或真戏假做。本来就是不该有隔阂
不必太逼真,只要意会便好……

而我固执地把你当成月,
把月当成你。不在意阴影里的虚与实
只在意你哲学的意味与宇宙的广度
先生,我还能再现你的东方之月吗?
用抽离出的现实,描绘你的膝下草木、头顶清风

人生这场旅行

当然,仅仅有一场爱情是不够的。
你的这一场时空之旅,就是一场大写意
一次空灵的调剂。这一张一弛
构成了飞马闪电、桃花春色
而光华是短暂的,黑暗是永恒的,
你宽袍、广袖,立于归宿的中心
与万物一体?还是与自我一体

先生,人生就是要设置无数的障碍,
有的有解有的无解,但文学的意义
便在这跨越与消解之间灿烂起来——
仿佛那锣鼓点之间,一腔的悲怆

纷纭与刺目。经纬里的桃红
自我中的无数个非我,都有了超拔之意……

不如归去

东风吹破了嗓音,也吹破了草尖上的露珠
你无视的部分,被占卜者占为己有
而你山中一夜,醉里桃花
星空入了怀,春水润了心
那一副临风的骨骼,被吹得苗壮
现实的挤压断了你的仕途,却是另一番恩情
夹缝中容不下你清越的行走。你的诗稿呢?
在一场灾难中化为灰烬,
还是被你亲手焚毁?或者就像我想象的那样,
为一段清泉之爱,你消失于天地之间,
你的诗便也融入宇宙万物之中了。

那一刻,你随船顺流而下,在那个春夜里,
你手里的诗稿像翩翩的蝴蝶,
纷纷投入春江之水。像起舞的亡灵,
与天地相融……没有悲哀、痛苦,只有欣慰与寂静
人间风月尚好,哪及你世外逍遥?

青枫浦

我不愿认它仅是一个地名,

更认它是我的桃花源——
只要我愿意,它就在我的所爱之地
在我的明月楼上,玉户帘中
谁最先见到江月,我就最先见过谁

……死有何惧?死是另一种生,
就像这万里婵娟,西落东升。
就像这潮起潮落,白云去矣!
生生不息,便是永恒——

先生,生同生死同死,
与生死同游的人,头顶不灭的明月
脚下长流的春水,都有了遗世的孤立!

鸟类都是盲的,越盲就越是自由的!
任凭什么方向。青枫浦上暗淡的波光
有了耀眼的心跳,壮美的白发
水面上云集了辽阔的丝绸,春风的马匹
你白衣飘飘,立于一叶小舟
渐渐消失于天地之间,青枫浦约等于虚无。

唱与和

让我们唱和吧,先生——
用你闲来的一杯酒
黄昏里捣破的歌声,空空的渔火

笑里朗月瞬息千万里
我却只为一瓢饮,一个君子
美人美酒,只有美名是寂寞的!

你有多少流水之痛,我就有多少痴癫之狂
你给了我春天不同的色彩,我拍遍栏杆
头上一片白雪,人生的无常,便也是了……

我,自我,我的影子,那主观的世界
因了俊逸的你,刚刚下过一场微观的雨
唐朝的天高,高过所有朝代的影子

多少告别,都在春寒之夜
那不可言说的火,烧红了嘴唇、心肝、繁星
多少诗行都在史册之外,尤其是你

谁最先触到了虚无,谁就最先触到了宇宙
我的那些逆流,在三月,都顺从了你的意志
该开花的结果,该发芽的生根

还有多少迷离之月,携带了你的微风
那未知之境,裹挟着我内心的戏剧
在你淡出的时刻,我悄然登场,应答……

组诗：人世苍茫

清明：人鬼低飞

她换上白裙,斜插一支簪子,
纷纷雨中,笑盈盈地提篮上山
她描过眉后再描一下江山
各种鬼魂都被她勾了出来
"想当年姐姐我也是唇红齿白
夜里掌灯而出,连鬼也是让我三分"
如今已是一把年纪,虽扮不了小花旦
但也不想再扮大青衣。她手里的团扇写着诗
却是绝情的。谁见过金銮殿碧瓦堆
谁见过风流冢鬼夜哭？凤凰台上有栖鸟
人与鬼齐飞的时候,她自带巫气
花开还早,手在袖里,人在阴阳间
虽然对付阎王略显吃力
但对付小鬼还是小菜一碟儿

中元：孤魂野鬼

这是放鬼的日子。在七月半
我顺着河水走，也顺着孤烟走——
这是菖蒲。这是水芹。这是荆棘
那些挂在刺上的、淹在水里的
跳在眼皮里的孤魂
（被戳穿的衣裳，那空空的胃。）
小孩子在喊：今天点灯明天扔！
而我只提着那一口气
从那洞穴里，混沌中，幽暗处
从一切有阴影的地方——
（那画皮里的红唇，那饥饿。）
把那些孤魂野鬼领出来
我怕林间遮日，你们找不到路
我怕你们一直被嫌恶、鄙弃
而不能与众多先灵一样
被供奉、祭祀，尤其在盂兰盆节时
请不要对冲撞的人纠缠上身

寒衣：纸人纸马

在朝阳的坡上，风总是顺着皱纹吹
新开垦的梯田盘旋到山腰
新植的果树，苞蕾刚绽一二

大理石上雕刻的花鸟
与香火喂养的仙鹤一起,欲开欲飞——
都是活生生的!而蜜蜂总是闻风而动
一些假花、假面、假哭都被它采过蜜
我燃起三炷香,拜过八方:
——请收下这衣物里的宫殿
车马先行,纸人随后
我也排在其中,成为虚拟的水
虚设的桥,一簇火苗歪了下去
所有逝去的人,都活在万物之中

中秋:简单之物

唯有简单之物,才能让我垂下头颅
比如竹、谷物、粗陶都是朴素的
鸿毛如此轻,与美。
今夜只有两朵花开
容我只表一枝。八月十五是圆的
但我只说这和、敬中的至简
这清、寂中的至纯
此时月亮退到了幕后
而秋风细碎而来
吹得花瓣落了一地
只剩一枝空枝——
我们一起斜倚着月光
像两个空着的花瓶,无花可插

这算不算是流水落花？
不，只有空的器皿，并无空落之人……

七夕：花草茂盛

穿七孔的针，针孔里有微小的自我
一些手翻飞，刺醒了那半死的心
她绣的荷包或云卷儿，
都带薄荷香味儿。夏夜那么盛大
养在体内的花草全部打开
那自闭的衣襟、涨满的胸脯
瓜秧遮掩下的雪崩！
而喜鹊却一只都没有。
像鬼火、鹊桥这样的桥段
以及蜘蛛网里藏着的疏与密
都被揭露：她只要通红的嘴唇
滚烫的熔岩，爆发的火山
她收起镜子、针线、倒影
不必模仿仙女的样子，假装下凡

上元：提灯而行

提灯的人都迈着碎步，似醉非醉
她等待一个过门儿再开口
唱的戏都在非人间
莲花灯灭了，马蹄灯还在路上

一个跑得冰凉的人,午夜还未拍门
只有灯火像张着的嘴
吞噬着雪花。谁在灯下黑着
口齿生了凉意。蓦然回首时
又有一个女儿失散于阑珊处
啊,在这空旷的世间
在曲终人散之前
谁有幸能化为蝴蝶?
谁被埋葬还能生出双翅?
她决绝地转身,一盏盏地吹灭
那正月十五雪打的灯啊……

端午:夏日正午

五月初五,艾蒿长得没了膝
清香、翠绿。随手插在鬓边
春风便涨满了桃花眼
插在门楣上便是辟邪之物。
而我敷了面膜的脸,满是诡异
雄黄酒后,原形都要毕现的!
在这空洞的胸口
原来都有一只猛虎
蔷薇无须再嗅,赴死的花或虫
都有着荒凉的夏日正午
从上游飞来的蜉蝣
轻于羽毛,重于微风

终都要断于断流。这个安静的小阴影
有亮若星辰的眼瞳,均呈丹凤
也有暗如五蛊的梦魇,状如深渊……

腊八:凉气紧逼

腊者,接也。那些新藏的粮食与果蔬
那旧的节气里难迈的坎儿
半夜时分开始我的煎熬……
白的米、绿的豆、黑的夜、冷的心
加进去莲子、红枣、清水
还有我五脏六腑里,
那一团紧逼的凉气——
那场盛大凋谢中的自闭症
施粥是一种修行,而我空置多年
那化不掉的沉疴黏稠的血
经过一夜的微炖,我找到了那病灶
那大寒与小寒的缠绵
那些罪:过了腊八就是年了——
熬过了这碗粥我便得救

重阳:遍插茱萸

总要少个人,或少一些人
尤其在登高之时更甚
南山种菊,北山观棋

它们都生在诀别之时

九月九,有人要喝点菊花酒

借此误入歧途。有人需喝烈性酒

以便咽下那些屈辱与渣滓

人间或不值一停,先人们都擅驾鹤

而我只能骑马。此时要插茱萸

清点同行的大雁与自己

虽然好风都上了青天

但依然有穷途与泪目

河水高一声低一声:

唯有缺憾之美,值得我停留

并且躬身致敬——

上巳:水滨拔楔

也是三月三,上巳之辰

当风筝拽着少年在飞跑

春日如此清朗,水里的波纹

映出一颗大火星的容颜

它于去年冬至隐去,再出现时

我看到了主宰耕种与生产的神

像青春的眼眸一样明亮

需要闻香,移兰,煮上青梅酒

论一论那三足鼎、奁盒和礼器

让女儿头顶的发簪斜插

让膝下蒲团清香。我拜了三拜

那些沧桑的事物洗过三遍
水滨拔楔或兰草沐浴
相遇的人呵，趁水柳如烟
玄鸟怀卵，我眼里也有了羔羊的目光

冬至：万物寂静

这安静的一天，万物屏息
封好窗户与门缝儿。淘洗上好的米
也淘掉一半的坏脾气。让浆果脸红
让饺子下锅，羊肉与萝卜都是养生的
让清风吹着疲惫的心，让河流静止
那陡峭的冷暖离我更近
夜色那么稠，我和我拉长的阴影
都夹在短长之间。此刻我辗转于悬崖
与那些钻洞的、沉底的、潜藏的
都怀抱一颗素心。遇见透气的生灵
我就拨开树叶。碰到仙鹤与留鸟
我请它们珍重自己的羽毛
万物收敛，大地屏气，我凝神
比另一个我更好：涵养、谦卑与沉潜……

除夕：恍惚之间

除夕夜，仿佛祖父母还在
那时父母还年轻，弟妹还年幼

羊圈里的羊还咩咩叫

我穿了花格衣裳,提着灯笼巡游

拜见大伯小姑,堂兄表妹

以及冬眠的青蛙、狐仙、游魂

香火迎风"啪"地闪了一下

我与它们意会,咯咯笑一两声

而爆竹东一声西一声地响,

硫黄味的烟火迷了眼睛

迎面撞上一些未逝的亡灵:

有10年后的祖父母,有40年后的父亲

有零零散散的孤魂野鬼……

而今,我孤悬在高楼之间

饺子、冻梨、酸菜白肉都没了味道

脸上长出母亲老迈的皱纹

我沐手肃衣,秉烛上供:

天上的、地下的、水里的、洞里的

各路神灵,你们都去了哪里?

此刻,我有三百六十五天的孤独与怆然

花朝:司花之神

这是百花的生日,掌管生育的神降临

那些雌性的眼瞳都特别迷离

剪五彩的纸粘在树枝上

赏红的人,转过身已是千重山

而我只要一半的花朝,只要一半春

所有的胸脯都涨出半朵桃花
脸色酡红,想喝点小酒,在曲水旁
司蔷薇也司牡丹,我的通关语:
一月蜡梅,九月菊花,十一月水仙花
每个月度都有一枝与我象形
而我只养二月花,也养十二花神的阴影
我崇拜的生殖,都比阴影盛大
司花、拈花,一朵都没有旁落

组诗：西行散记

那些羊

那些羊角张开，黑的崖，白的羊
一棵嫩草捧着粉红的嘴唇
河西的羊站在山崖上，那么高！
它只吃发芽儿的草，和清晨的露珠

那些羊蹄散开，有的是梅花，有的是唇印
仿佛举着四朵花跑过来
一个三岁小儿，咩咩呼叫
有九十九只羊耳都竖起，应答

那些羊眼神温柔，有棉田，也有星空
一只羊的九十九座悬崖
有隐隐作泣的石头，一河风涌的浪
从此我打消了对大美始终都持有的一种怀疑

人间漫游

我要如何走过大西北呢?从兰州出发
向东的黄河借给我羊皮筏子
我要逆流而上。经过甘、肃二州
当然也经过了凉州,我的终点是敦煌
清晨依着荒漠,七星骑着月亮
我几乎接近了神祇!

以尸骨喂养大地,以虚无喂养苍穹
以绿洲喂养心灵,万仞有多高?
无限有多广!走了 2600 公里
我依然还在荒原与戈壁间
大漠尽头的人烟,人烟尽头的菩萨
此刻荒凉是个大词,大到几近于无

而微生物,寸草这样卑微的事物
便以微为大。那些倒下的骆驼与月亮
那些孤烟的日暮、瘦马的穷途
将用多少弥合、涌流与放弃
才能填满这大地的皱褶
这心灵的沟壑,这不毛之地

哦,一只白鸟翩翩地飞起,又翩翩地落
多少西风夕阳,多少锈蚀的镰刀下

都在难言的领悟、无由的天命中……

河西大地

我从未如此认识过大地,它贫瘠、瘦弱
怀抱着一个奄奄一息的孩子
她以干裂的嘴唇亲吻,以枯枝的手抚摸
她的体内却有哗哗的经血声
每月来潮时,都是月亮丰盈的时辰
她最易受孕。一把硬骨头里的阳光钙质
那旺盛的生殖,被秋风吹动
石头、羊群、沙砾都是她的儿女
在通往西天的路上,她喂他们骨血
狼烟和经卷。她比浮尘还轻
比祁连还重,乳汁比雨水稀薄
那瘦骨里孕育、皱纹里着床、沉疴里生长
都被一场盛大的分娩赋予了神性
直到只剩下最后一口气
只剩下一粒青稞,一匹马,一双儿女

疏勒河

现在,所有的岩壁、大漠都俯下身来
静听疏勒河,你在飞天的臂弯里流过
用乌孙人、突厥人、匈奴人与汉人的语言
说出百只、千只鸟雀的合鸣

你用党河与榆林河的支流
勾勒出那片水草之美
日月向西,水流向东
而你折返西去的身影是孤绝的
一枚树叶打旋儿,一条鱼儿屏息
从祁连山中起步,穿越高山草地
在玉门以西,吹一曲故人的羌笛
把沙漠中的月亮,用笛声安放到天上
你的径流,有昌马绿洲、锁阳城、石包城
有渊泉、广至、瓜州、敦煌、玉门关、阳关
而你流过了千年,却从不惊扰一个飞天
你把大地涌出的水,又无声地还给了大地……

天上敦煌

敦,大也;煌,盛也。你是九月的金箔
是月光的水银,众多的神会聚于此
宕泉河在戈壁上切割
悬崖上布满石窟和神谕
我走过云岗、龙门,现在与飞天同坐窟中
莫高莫高,你在众生之上

静谧,安详,我看见黄昏骑着玉笛
飞过鹰隼的天空。宝石蓝中,
一个盲诗人的行吟,那场顶礼
红了黄,黄了灰,灰了金

那崭新的手里,琵琶反弹出凋零之美
莫高莫高,你在万象之上

不是春天的少女,不是秋天的黄金
而是明月高悬下,一场灵魂的出游
让我先饮泣一会儿,让我思想雪崩
让印度、希腊、波斯与我接壤
让十万匹丝绸打开,万马狂奔
莫高莫高,你在众神之上

阿克塞:一座魔幻现实主义的城

这是山峦之魔幻,风之魔幻
一座城的荒废下午。天高而空
阳光刺痛了我的皮肤,
风吹黄金的下午。多年前的一位诗人
要骑马走三个小时,只为去见一个人
一首诗。我要为你选白马,
我要那马蹄染上黄花与酒。
我要带走你的板书、朝北的窗口
那一束灯光的苦闷。还有青春的电影院,
你书中夹着的荒野与蝴蝶,
此刻我也走了三小时未见一棵树
一个知己,一匹白马。

这魔幻的街道下午,一种拉美时空

残垣里的俱乐部与幼儿园
离心脏最近,离祖国最远
从坦克报废,到乳汁废弃
阿克塞,我身体里的西伯利亚
被流放的下午,从非我到我的夕照
让山鹰低垂,让疾病落马
这颓废里的欢宴,我心里没有一个神仙
阿克塞,这空空荡荡的魔幻下午。

怅望祁连

失我天之边,使我草原无牛羊
失我黄河西,使我体内无山脉
失我冰川纪,使我高原无雪莲
"失我焉支山,使我妇女无颜色"
失我大河西,使我万里无丝绸
失我戈壁滩,使我英雄无敌手
失我琵琶行,使我三生无知音
失我飞天度母,使我万物无踪迹
"失我祁连山,使我六畜无蕃息"

夜宿瓜州

仿佛到了天边。在古时的安西
一手托着敦煌,一手捧着酒泉
我的睡眠是这么深沉!被遗弃的旅程

出现在瓜州的丝绸里,或河西之西
仿佛在现实之上,有了超现实之感
从锁阳城到榆林河,夜晚更加荒凉!
河水流过洞窟前,留下羌戎、大月氏的身影
都消失在绿洲。我比尘埃还小
月光很薄,向着疏勒河谷倾斜
有千驼奔走在魔域,在云端
我已不在,只有那布隆吉雅丹还在
恍如千年的荒冢,都醒着

绿色稀薄

西行的路上,遇到最少的就是绿洲
但遇见最多的则是向西的牛羊
还有河西少女的嘴唇,含着飞鸟
神一般的眼帘,垂下,垂着万物

那长长的戈壁,那神谕的荒凉
西坡的河水洗亮我的眼睛
抬头是天边的雪山,低头是大漠

有一只鸟一直跟着我飞
它带着十二个时辰和五行
还有我半生的腐朽与火焰
我没有香木,更不会重生
我只能在黑夜的岩壁上,破壁而飞!

我从未遇到这么稀薄的绿色
这么稀薄的自我！那羊圈里的神祇
随着飞天起舞。我的琵琶生涩
我的舞姿枯萎，我用干涸的手接住雨水
用半截的人生接住这大火

在眼眸的深井里，我看到那销香
清晨传来体内的暮鼓之声
它荡漾起来，让时间破碎
让一捧灰破碎。在玉门关与阳关之间
将我的葡萄捧出，将我最后一半的骨血，
酿出那溃败的水草，那丰盈的月亮！

阳关三叠

有水的地方就有生机，我去往阳关
荒野埋葬了山峦，星辰还在
阳关一直矗立在我心灵的隘口上
遗址也会闪光。我有三重影像
一重跟随故人西去，一重隐蔽于大漠
一重在众神的吟唱中，送别自我

我带着草药、诗稿和经书
走在未被治愈的焦虑中
黑暗犹如巨翅，我有一尊小我

煽动那盘踞于心上的猛兽
使阳关在流淌,大地在流淌
如此孤独的徘徊中,我缠绵不去

一群野鸽子向西迁涉,无数个模糊的面孔
挤满了先灵。一个僧侣与商贾
带回来经卷与黄金!在漫长的荒芜中
被风吹送,祖宗有灵,这被保佑的心多么虔诚!

野花婆娑的戈壁如此静谧

那挤满了碎石的戈壁,如此静谧!
寸心里藏着寸草。硬的土层软的泪水
我失败于旷野的心
在石缝儿里探出野花
那么小,一朵白一朵红,一朵紫
在每个可以祈祷的时辰
夕阳西下的女人遍布了天涯!

大戈壁,我的羊群披雪而来
用大美顶礼的地平线,沦陷于无垠中
驼峰在背上耸动,雪山在腹中融化
一只蚂蚁细小的触须
颤动着接近了神祇!

这粗糙的风格多像我的养育

猛禽、天空,我要继承的石窟
更加深了我的海拔!
如果没有西去的僧人喋血诵经
我内心的气象便失去了大半
让牲口低头喝水,让狼王站在山顶
让策马奔驰的高原只留背影
婆娑的野花开到天边
那蒸腾的日落,如此静谧!

黄沙漫卷

我要赞美两个人的行走,一个向西
另一个向东。我要赞美绝尘的白马
和风中的行脚。也要赞美离尘世最近的心
和慈悲的爱。在大乘与小乘之间
发心与证果不同,相反方向的飞鸟
开示世界的真相,只有一个!

那些雪山与石头,像一群奔跑与血勇的少年
漫卷起黄沙、族谱和梦里粮仓
心爱的女子也必如壁上飞天
有着宽袍大袖之美,仪态端庄!
那些还魂的动物,有的附在山川
有的附在河流,更有附在血脉上的
凉州与肃州之外,奔跑着十匹骏马
十匹丝绸,和十座敦煌……

组诗：生死书

我们最终都是要分手的人

到了该与亲人永别的年龄了
我青春已逝。能为谁送终也是天意
手臂垂下，月亮初升
我能握住最后的余温是幸运的
一条河到了拐弯处
需要卸下今生的面具
露出真意。从此你要骑马了
能驾鹤更好。万物都有恭迎之心
那朵葵花也渐渐地转过头去
莲花托举着你，天使在你侧畔
光是你盛大的礼仪
请放下不舍的眼神，难熄的火
亲人啊，我在呢，且不哭不喊
打扰一个灵魂的上路是不敬的
愿所有的人都能死在温暖的床上
都保有尊严。都有亲人相守

没有挣扎、牵绊和恐惧
终是恩怨已了……

最后一程

我们都在送别的路上。这最后一程
我给你抛撒一路的花瓣
黄的、白的,当然要有红的
那天微雾,稍有忧郁
风吹得人影很薄。山坡那么静
偶有一两声鸟鸣。许多人都埋在那儿
现在你也要埋下。我备下了尘世的酒
还有你酷爱的评戏
我刚开口清唱,一半已上了云端
我父,你见路开路,走通天大道吧
你遇山过山,躲开悬崖与荆棘
你要跟着莲花走,踩着露珠走
还要骑着白牛啊!趁风声渐远
木槿花开,请从一叶中淡出吧!
不管多少遗憾,我们注定来生再不会相遇
快从眷顾中回头,从亲情中转身
一些说过的话我已铭记
一些不能说的话留到九泉之下吧
我就是你活着的碑文,替你写上的绝笔——

娘家隔着三生

梦中的三姑,逆风而行
娘家有三棵树,一棵桃树
一棵枣树。它的边上还有一棵梨树
桃叶是能辟邪的,她穿不透
风糊住了她的嘴唇。她哭不出声
犹如哽咽——家门是朝了南的
如今成了死角。那拍响的窗棂
声声都是绝壁。山南有水,水北有家
而她属阴。一匹纸马也要过河
半江弱水,半江河灯
……目睹它殉了葬
殉了三世的情缘。我途中为她焚纸
转了三圈。我要领着她的亡灵
跟着一阵旋风回家——
盛夏的棉铃花开得那么盛!
像她那张青春的脸。
粉红,红里透白,白里带雪
她终是开了口唱戏:
金枝被打、茶瓶无计、二姐思夫
每一出都唱到月亮偏西
三星暗淡,唱着唱着便跟着戏文走失
等到她终于找到了锣鼓点
碎步而回,却是山重水复,娘家已隔三生……

哭灵

哭灵的人都是雇来的,亲人们闪避在侧
沦为陪哭的人。化着浓妆的人嘴唇猩红
她一开场就注定是苍凉的
且哭且歌。像在诉说自己的身世
有人在一步里被点中了穴位
有人在十步里徘徊。十八场哭灵
说的是这一世的苦和煎熬
吹鼓手们喝了酒,大悲调三两声
长明灯又添了油。那位远房的亲戚啊
跪行到灵前,把头顶的五谷送到来世
我也是顶灯中的一个。我碎步而来
夹杂着现代的舞步。在众人的喝彩中黯然
谁先于我到达,又先于我返回?
有人手执扫帚,为逝者除障
有人被倒退着架出。这留恋的礼仪对谁有效?
宴席说散就散了,纸人纸花落了一地

茯苓河

外婆仙逝,97 岁高龄,差不多活了一个世纪
一个影子挂在窗前。她病了一生
天天怕死,夜半拍墙哭诉
所有的冤屈都是还前世的债
"茯苓河边啊燕子低飞——"

是她的开场白。而茯苓河在地图之外
更在想象之外。跟众仙出游
她在云上或河边。忽而落马人间
她用了七十二道暗器。以亲人为敌
在失明里藏针,在指尖里藏毒
母亲成了她的替罪羊
伤痕与星星都挂在嘴角
另外的一些隐匿在暗中,无人道破
她还活着,却先把亲人折磨个半死
一盏灯歪了下头,她再次直起腰来
数次的死亡都是预演
而这回不幸成真。门框上的辟邪之物
露出了凶相。牌位上的香火已断
众人们轮番跪下,茯苓河不在其中……

美人三姑

我们家族的女人多半是美人。尤其是三姑
杏眼,瓜子脸,水蛇腰
眼里有戏,手上有活儿
活着就是一场表演,开口便是唱戏
从小迹混于戏园子,《茶瓶计》是她唱的第一出
端茶,倒水,刚一开腔就被喝彩
可她注定是花旦,小姐的心丫鬟的命
偏偏生了个烈性子。在扮相里私奔
眼神里流转着四季的简陋

天真、单纯，有点小小的伎俩
跟着草台班子出走，又被祖父追回
豆荚在阳光下爆裂，她草草出嫁
嫁出去的姑娘泼出去的水儿
娘家与她相隔三世。忍饥，挨打，生儿育女
却有一半夭折。老年时小脑萎缩
成了这世上的陌生人。她夜半摸黑唱戏
角色全都换了逝去多年的死者
他们都用最大的善心垂怜了她
让她演一回青衣吧。包括我的父亲
少小时就与她配戏，甘于做一个书童
在她丢弃这世界之前
谁收留了她的嗓音和青丝？
使她至死是满头黑发
而我已鬓边微白，声音喑哑
脸上带着她谢幕的遗容
掀开一道门帘，多了一条皱纹

安息地

死神如一阵穿堂风，稍有惬意
那只秋虫被草木怜惜
隐秘地振了一下翅。一叶菩提
在藤蔓的触角里攀爬，微痛
墓碑是空的，用尽了尘世的词
你生前与前生的片段被谁复唱？

闲云成群,野鹤一只
如同走失的悼词,寂静地飞过
寒鸦枝上,看起来与乡亲们一样苍老
天说黑就黑下来了
我与苍生静坐、退场
求菩萨保佑死去的和尚未死去的人
为我剔除掉余生的黑暗
在我的上方,安详,带伤,在众生之中

然后……

然后,我已没什么恐惧。树根下
一盘牛粪还冒着热气。背着壳的蜗牛
一步一步地爬上了花架
春天有一道内伤,坛子边上的一个豁口
暴露了我的裂纹。刺玫花就要开了
堆着一些鬼魂的刺儿上
又一道符被升了天。石阶每升一步
灌木就又矮了一截,我的山水都有悲喜
人生不过是一场大写意
嘴里叼着麦秸的孩子,在清晨上路
待到他返回时,已是个老人
多少流落于民间的草莽
和那些隐没在群山之中的浪子
都爱过这一幅安息图。今宵的明月啊
便是三分在天,七分在心

第四辑 | 大雪落在东三省

走马辽西

在梨花的五月,月光推开了每一扇窗子
那崭新的银子,白花花的光芒,那么刺眼

两座山间的河流,夹了几个世纪
那温柔的流淌,带着微小的暴力与野兽

那游荡在大地上的狼群,偶尔长嗥——
山鸡与野兔都是它们的猎物,像几世恩怨

谁家的孩子被人贩拐走,饭桌上永远空着一个碗
谁家的少年在清晨走失,暮归时却白发如雪

辽西一带的土匪,偶成义士,满嘴跑马
为一言不合,也为正义,掉头打马而去——

一条鱼跃上纸面,义气冲天,在幽州与义州之间
一边是锦宁广义,一边是三年大狱。值!

史册里遗失了英雄，只有笛声清丽。多少骨骼
才配得上一去不回的秋风，或一死

我野性十足的祖先，都埋在向阳的坡上
一些牛羊陪伴在他们的身边，悠悠地吃草

谁还能够触摸到他们的温度、姓氏、血脉
谁就能够成为他们的子孙或墓碑……

最多……

在祖父、祖母和父辈们攀爬过的山坡上
我比小兽们还要恭敬
祖先都安息在这里。风也吹吹停停
一点雀斑点缀出大地的美——
像花拥着花,水推着水
你们从小趾甲探出的花瓣中,认出我

路上的碎石与荆棘刺破了我
姓氏隐在墓碑里,我替你们站了起来!
虽不知祖籍何方,却也无妨,
我只认埋葬你们的地方
为我的籍贯之地,写碑之心!

最多只有三代还来凭吊:母亲、我、女儿
最多还有三朵花开:莲花、雪花、泪花,
最多,还有三个仙家:狐仙、黄仙和常仙……

家史

身前的经书,身后的虚无
还有我这代人丢掉的家谱

我的颧骨上有花瓣、云图和族谱
指甲上有太阳、五行与肺腑

眼里有香火、疑惑和追问
在四十岁之后,开始莫名地想起祖母、祖先

大地向流水托孤
我向着西风吟出瘦马、断肠诗

有浊酒、针线和母牛
壁垒、歌哭,和爬过山顶的身影……

边地之边

我执着于这边地之边、界限之限
那偏离了主流的航道,那乱了的阵脚
那些流亡的人,那些流云
从天空,从小径,从稻田里溃退
剩下的是山川遗址、矿里废墟
一片旷野里的千里寂静
一团残阳里的猛禽之眼

雪原收不住少年与幼崽
他们新鲜的模样,浮出脸庞的山口
雪花扑闪着眼睫。一条河保鲜了血脉与血性
让一夜的大风雪找到自己的宿主
面孔生动,每一颗恒牙都有新的生辰

一些事物埋了土,一些人埋了名
都具有了原始的生存气质
一种边地的透明空气——
吹得我如妖似仙!

我空有虎狼之心、流水之意
我被风雪灌满的乳汁
喂养那凶猛的野兽,也喂养那柔弱的动物

山鹰提升了这世界的悬崖,雪莲提升了我的高度
那孤绝之境!用通灵者的嘴唇说出——
那三十九场大雪,将我生于每一场雪后……

你好,雪后山川

一只土拨鼠在洞里酣眠
一只豹子躲在丛林后面,雪雕一样不动
可爱的狍子一直走上山坡
那些树冠上的雪白头颅,
是那么美!像弱冠,更像扶不起的风声。

你好,大小兴安的安,长白的白
那冰封了的美人,那精灵的双翅
那苍茫中放下的欲望与身段
灵芝有着它山顶的骄傲!
你好,千山、医巫闾、凤凰山
像那些余脉里的山岗、激情
横陈于我体内的沟壑、悬崖和暗河,
鹰隼有着它十万里的荒原!

那坠于崖前的飞禽,那个攀爬或悬空的人
都是我生欲死死欲生的角色
在冰盖下的嫩芽儿,那雪暴中的猛兽

那危崖之上飘来的呼吸、低吼与长嗥
那养活的孩子吊起来：月儿明，风儿静……

而我退三步才走一步。我要退一步爱你
青丝三千，我只要一根白发
弱兽哀鸣，我只要一只猛虎
——我只要那绝顶之爱、绝境之境，
那失败的深渊里，你那凋零的美！

大雪落在东三省

这冬天的美少年,这丹墀上的灯盏
白银的羽毛捧在手心
大雪拂过肺腑之地

在层峦之上,有我粮仓般的慈母
手中的针线缝补着河山
那抽走了针脚和骨血的原野

桃夭的美颜,形成了今日之雪
这古老的形容飘起了天鹅的影子
唱衰的调子败絮般飞起

大雪落在东三省,更落在辽西
那破落的离乡人,那夹起尾巴的狼
而我在空空的墓碑上找到那场雪崩

找到山鹰啄掉的喙、拔去的羽毛
找到悬崖上重生的血。一片自我的死地

那寂静的高处,比意志更高

我手捧着今生的饭碗,虔诚地祷告:
三尺之上的神灵啊,请让飞禽飞,走兽走
让我体内的炊烟在雪原上升起,通天

那一场神赐的雪水,用了全部的衣钵
用尽了我吃奶的力气
像恩遇,像天赐,像我无言的祈祷

就算是人兽罕至,山河废弃
我依然爱你那零下 25—40 度的美貌
爱冰河下面的鱼,夕阳里的狼群

那只头雁飘浮在雪山的阴影
像遗落的子孙、衰微的世相
我对着那一春的墒情而独自孕育

当然还有我怀抱的婴儿——我的雪花!
像一头母牛般跪下,敞开我的胸怀
直到我被吮尽最后一滴奶,和一滴血。

风暴啊,风暴!

这场风暴便是一场回旋之戏
那搅动的树林像幼虎的波纹
那么野蛮!我也成了起伏的中心——
在无边的边境线,我在边界之外
有俯冲过来的苍穹、苍鹰与苍茫
大雪落了一夜!
我只想拥抱一下谁!
我抱着从山顶滚落的雪崩、呼啸的山林
抱着拜过金兰的姐妹、大大小小的猛兽
抱着那冷血的、温血的动物
抱着飞驰的月亮、烧酒和遗址
与野兽一起出没,袭来,成为喜悦的灾祸,
而我就是风暴的残骸!

天色向晚

这傍晚时分,鸽子归巢
河灯拐个弯便已走失。我心怀江山
怀着那暮色里的迷雾
被风吹昏了的香草。我爱那大荒窄门
爱那君子不才,暴力美学!
那典籍的秘密荒野——
那动荡的芦苇!拉美与穷途
英雄出没于黑白。虚度的黄昏大道上
落日安顿了人世与法相
便是一言难尽的恩典!
如果再熬一会儿,万物拍翅
我陷入的绝境会更轻。在人子散落的世间
没有一道裂纹是有底的!
我要连夜上马,一边是奔流的江河、呼吸,
一边是屏息的洞窟、废墟……

青蘋之末

风起之处都是细小的——
在青蘋之间,起于一念。
我被风劫持到此,爱被蒙了面
我一步三摇,碎步行至空旷处
那绊倒我的水袖、水草和水仙
都在风中退后,观望。
是一段唱腔将我扶起:
"眼看他起朱楼,
眼看他宴宾客,
眼看他楼塌了——"
我的桃花扇刚刚打开
更大的风雪就封了我的口——
我要借的是东风还是西风?
都被一把刀抹杀。被闪到一边的蝴蝶
一半吹到湖面上,一半吹到林梢上
我忍住春天,忍住鸟鸣里的水、万物里的金……

稻……米……

一年生,禾本科,喜温热的地带
我的花都开在枝下,拱形,带芒
需要足够的热度与爱情。在高纬度的水里
我被灌溉,被扬花,被抽穗
那半生不熟的部分还未授粉
一些穗子吐露真言,借着杂交的气息
又金黄了几分。在叶鞘的边缘
一些白叶枯与纹枯又泛滥起来
我要借着叶耳与叶舌来分辨
叶膜和叶脉之间的传承
任凭破裂的花粉被吹走,被飘荡——

我会露出袖口里的锦绣,
雌粉上的子房。在胚芽的边上
那胚乳不断地丰盈、分裂、炸开
这收割起的体内轻烟
都像一截沉睡不醒的肉体
稻浪翻滚,双翅纠缠,腹部起伏

还有哪一种欲望可以高过稻米?
米里的尘世啊——比稻花香
比稻穗弯,比那被遗忘的忧伤,漫长——

生死无间

归路走到一半,天狼星就已偏西
如果是在清晨,会有一弯下弦月经过
小兽、虫子们都已噤声。白云浮过时
冰蓝色的天空是那么静!
一些鸽子是透明的,羽毛微颤
而捅破那张纸的人已经隐身
被冒犯了的鬼魂、神灵和祖先
和那些被囚禁的传统,都慢慢解脱

迎亲的车队吹吹打打,三月的新人
与七月的雨水,都走在赴宴的路上
迎面与送葬的队伍相撞
而送行的人都化了妆,白袍白幡
生死互不相让。凡是盛筵都散得更快
左边的鞭炮,右边的唢呐
还有对峙的那场悲喜——
从盛世间、盛典中溢出了荒凉
而神早已放弃了他们

神在远处,黑着脸不说话——
其实神从来都没有保佑过他们
过去是,今天依然是

那么白!

雪落的地方即是原乡。我的归属地
在地图上,被隐在边界之边
我喜欢未经更改的河流
和没有开垦的荒野——
那些自由的野兽野花与野味
大雪从山坡上飘下
翻墙,拍门,挤满窗口
又一家家地飘过树梢,跃上山岗
山狸猫、梅花鹿、黄鼠狼都留下了脚印
引来月牙五更、草药五味
引来开春的草木和滚滚的秋风
而那通天树下请神的人,一脸衰败
在丘陵中起伏的跪拜者们
与没信仰的羊群一样茫然、虔诚
天空中降下了大雪与月光
降下满头的鸽子和银器,那么白!

雪一直下

来回翻身,钟表走失了的夜晚
我一夜咳嗽,仿佛是肺腑之言
吐出万顷梅花。一只小蜘蛛掉下来几次
又顺着线攀上去。鸦与雀都无声
雪一直在下。各种游魂从人间经过
受伤的、流血的、濒死的,所幸都被抚慰
此刻我带着胸中的沟壑
盆腔中的深渊,血管里的奔马与河流
在慈悲的大雪中放下一夜!

放弃又一层的灰。我那大雪覆盖的母体
我冰河下的姐妹与大地
鸽群衔来了白塔、白马与白发
母亲八十四岁的那道坎儿,都在雪线之上
而我一再下沉,用太平洋的海水
整个喜马拉雅的冰川埋首
我已接近救赎。遇袭的人们哪!
我率先一步迈进地狱,仿佛浑身是血
黑暗里是飞蛾,黎明后是飞天……

小学同桌

我小学同桌,八个月时与他合影
那盆花是单薄的,我们同时伸手去摘
他总是比我快了半拍
六岁上学,膝盖留有月牙儿
八岁大雪封口,我满嘴呛雪
十岁双脚冻疮,松塔火里开花
他的父亲教我们语文,口悬一条大河,
四十岁癌症离世,他接班,娶妻生子
如今夕阳的剪影里,他靠着短墙
一手挎篮,一手拄拐
嘴和眼睛都是伤口,声音含着水分。
他只剩下每日给母亲磕头、素食
妻子跳海自尽,儿子远在外省……
不得不活下去的老狼,夹尾,装瘸,噤声
不得不活下去的人,一瘸一拐,一步一叩

东行记

一道闪电停住,我看见虎豹、狼群
天神和萨满。仙鹤都向西飞
而我要深深的水井,我要东行的粮草。
那些盛露的夕颜、窗棂
像我两朵花的女儿
那些戏里悬念,云雨里覆手
是我惯用的手法。我旷野一声
家禽与野味都有应答
我向东而去……此刻我要纵马
一如脱缰的水、卸下的鞍
放下了最后一点芥蒂
我口无遮拦的姐妹
粗声大嗓,都有一副好身板
群山在跌宕中矮化
谁为前路设置了陷阱、围猎与反扑
谁就为残破的心准备了补丁

一粟

多少英雄转身,都提着一把刀或一口气
而他无关流水。他的酒量与饭量同样大
他要拎着饥饿与美人这两只猛兽
在一粟的沧海里,他是那么认命!
一个行走的菩萨,不去西天却寂寞向东
每一次的对饮,他只与自己互为敌手
每一撮灰,都要提出仅有的火星
前面有狼,后面有虎
中间有他一路埋葬的亲人和冻骨
大脸盘的葵花和女人
腰身细窄却胸乳宽大
是他在腐烂的伤口上种出的蘑菇木耳
在神奇的免疫中生出的白细胞
在一片儿女的长势中,圈出今生的粮仓。

东风来……

东风在前,这是前世的恩典
我的身体微有压痛
两片火夹紧了我,我随之飘摇
卯时里出生的女人、树林和金子
都有着艺术的根须
我残败的东北部风雪
埋葬了被驱逐的豹,被遗弃的尸骸
有些火焰终其一生也难以打开
有些灰烬死在复燃之前
我被吹空的胸腔、盆腔
还怀着满腹的雁阵、芦花和枯黄
怀着那山岗狼群的呜咽
那日落大凌河的中游,那羞愧
那风卷残云的悲伤……

山海关以外

山海关以外,是天神眷顾的地方!
在一片丘陵的默许中
男儿浪荡,女子都有悬崖般的爱情。
在那肥沃的胸口上
始终跑着两匹奔马
而豹纹和虎皮,闪耀着腹部的光泽
我祖辈的脚步,丈量过这大小凌河
所有停留过的地方,都插入了扁担和种子
仿佛一次秘密的接头
有灯芯绒、天鹅绒在岔路口交谈
有强盗、胡子和盲流在冬夜绝交
黎明前,一支湍急的马队
不顾河水暴涨,更不顾爱情泛滥
打马越过了山冈……

伐

多年前,他曾经醉心于砍伐
伐那高大的树,遮天的树
他用一身的肌肉、号子、烈酒
振落松枝上的雪挂
用一场雾凇,遮住松鼠、留鸟的眼睛

他的祖先渔猎,他的父亲放鹰
而他前半生伐木,后半生植树
他迷上那些战栗、倒伏、翻滚
就像他怀抱的木排和女人,顺水放走
嘿,一只蚂蚁撼动了树林、猛兽
他最先砍倒了树王,他就是这里的神——

直到那些树桩黑压压地蹲在夜里
直到那渐渐稀少的树木与他的胡须一样
他一直伐木,而有人却一直伐心
他要抱住那一场风暴,老虎和鸟群
却留不下一世的英名,一个孤魂

那些野猫与黄皮子都来索命
请拿走,这从高处跌碎的瀑布
这空的酒壶、斧头,任凭夕阳流了一地

从此他戒了酒和女人,与己为敌
从此他放还了今生的粮食和马匹
最后一场大雪覆盖了三千幼苗、三千幼崽
他的身影与阴影等长,青丝与白发等长

东北平原

每个东北女人都是一片母性的大平原
在秋末冬初的清晨,悬铃花还不甘闭合
却有一枚银子挂在天上,白里透黄
灌满浆的日子,也依然还有瘪粒
她的机械时代,又要收割一茬春情
腹部替代了边疆。这里温暖,易于着床
这里有宽厚的嘴唇、肥沃的子房
这是最善于哺乳的女人,敞开胸膛
那些微小的饥饿和火情,都被疾风席卷
一条高铁割裂了她的夜晚
她有十二个时辰里的五行
她的金木水火,都埋进土里,骨殖清白
天刚刚亮,有远来的大雁和菩萨
替青草寻找牲畜的嘴唇
替丰收逃避五谷的责难
那些盛开的白羊抬起硕大的羊角
那些沉默的母性垂下沉重的稻穗
唉,人生也不过是场日出与日落
那些被风吹倒的灵魂,又被风扶起……

大雪逶迤而行……

我领着大雪爬过了山岗
为我摘下发上的草屑、睫毛上的泪滴
和心尖上的荆棘。我要一个雪中迷途,
更要那回忆中的现代沟壑
我要一只小鸟嘴里的金子
还要顺手牵走的牛羊——
我要陌生人之爱,那带坡度的深渊
让野兽陪着儿女们野蛮生长
我要满坡零散的蹄印
那茂密的生殖!那雪后幸存的动物
都有比豹子还俊美的头颅

我领着大雪蹚过了河流
辽西走廊与海岸线与我并肩
大小凌河到巨流河都有着冰冻的美!
我的入海口,被雁阵与鱼群封存
暗自包扎了伤口与自卑
在冰凌暴动之前,我已不再流血。

还有喜鹊惯于清早登枝，
乌鸦更喜欢黄昏飞抵
我迷失于弥漫中，渐渐分清我与自我
相对于开始与结束我偏爱中游
爱那种宽广与平缓，冰面上的巨大反光
照亮了万川万物，一簇火中的冰点

辽西走廊

这条走廊一路向低,从 500 米到 50 米
你有着如此的落差之美!
许多条山脉向你俯冲下来,
捧起你苹果般的脸庞
你倾向大海的眼神,透出迷人的海拔。

多少客官打马经过,都有一小仆提着马灯
请小心那密布的河套,沙石、土匪窝
那树枝般的叶脉。那恣肆的野花与浪花
从宁远开到锦州再到广宁。
被多少黑手扼住了你的咽喉
那被炮火与烛火点燃的锦绣!
松锦、直奉、辽沈,你被反复争夺
又有多少英雄与绿林,被辽灭,被金灭
被满灭,也被美人灭。

从山海关到大凌河的支流,鱼汛频传
一半是岛屿,一半是丘陵

你炽烈地奔跑,要突破那最窄的瓶颈
那冰封的美人!你有着细沙和鹅卵的性格
有出没的奸商与胡子,红狐与雪兔
有温柔的海岸线上此起彼伏的大迁徙
肩上挑的,背上背的,怀里抱的
谁最先过了山海关,谁就成跑马占地的王;
天上飞的,地上走的,海里游的
谁最先抵达,谁就成为地上仙、天上神!

一座城市的记忆
——致帕慕克

关于一座城市的记忆,从日暮时分开始
暗红色的天空下,锥形的塔尖、拜占庭教堂的穹顶
都显露出生活的氛围与艺术的气息
颤抖的汽笛划伤了水面与人心
天光渐渐暗淡。时令鲜货、小贩,叫卖声
让我置身于身边的这条街巷
我熟悉那种质地的阴影
笼罩了黑白的人群与幽灵
我今生的底片,我欢喜中的厌恶
以及花瓣上的尘土,透过水汽的毛玻璃
此刻凝结成冰凌,在东西方的接壤处
我从一种相似性中挣脱而出
这座城市的诡谲包含着永恒之美
我内心里的创伤被虚无感所消解
我部分地属于过去,但我也不完全属于现在

斜阳的忧伤

我第一次认识了"呼愁"这个词,土耳其语是忧伤之意。
它与乡愁又有什么不同?在这个阴暗的中年午后
阳光斜照在北站东二路上,也照在伊斯坦布尔,
我的呼愁恍若隔世,介于两个时区之间,
茶壶中的热气在窗上凝结,渐渐成为森林之花。

这不是某个孤独之人的忧伤,
而是一台派驻心中的机器,满是锈迹
这个二月,在谣传、误解与恐惧中
在空无一人的广场上、街巷处
被博斯普鲁斯那汹涌的洪流裹挟
在东西文明中冲突,而这生死的较量刚刚开始

这里有钢铁的外壳与残疾的心灵,
有谁的哀悼已没有悼词,有谁还唱起挽歌:
"此处居住着一个神——"
所有失落的一切都被帝国的斜阳笼罩着,
散发出一种废墟式的光芒!

铁西区

当帕慕克在破败、灰暗、没落的断瓦残垣前穿行时，
我也正行走在铸造厂、化工厂、钢铁厂的车间里。
那钢铁里软化的硬度，体育场里爆破的骄傲
产业工人溃败的大江大河——
从女子那猩红的嘴唇中露出底线
掩饰着贫穷与孤立的双重阴影。

那时，一粒尘埃落在个人的头上
都是一座时代的大山——被压垮的身体
比被压垮的精神更沉重
它对我而言一直是个废墟之墟、莫名之状
那种夕阳之美。我要反抗的这种衰败，
像反对我自己的分裂，活下去是高尚的！

当灯笼眨眼，酒水泛滥，声色横生
当小说走红，有人用质疑全世界的音调
说出我心里那个窟窿，那光荣的失败
那恰到好处的差异感，那空旷里密集的楼群

我灵魂的载体,在刺眼的反光中
一种混合的气质,一座倒塌的积木
铁西区有我的人生自传,而我在帕慕克的版本里

漫步 1905 创意街区

在冷热交融的地方,会降下雨露或冰雪;
在寒流和暖流交汇的地方,会繁衍鱼类和藻类;
在钢铁与肉体混合的地方,会碰撞出血与泪。
1905 年的重型机械厂,带着重工业的气息
生铁与现代艺术的混合体,已成为凭吊的遗址
两个工人的巨大塑像,也成为遗像
一根紧握于手的钢钎直插人心
那工人的后代早已出走,带着斑驳的铁锈

酒吧与咖啡馆上演着先锋戏剧
一场犀牛市集,蜂群从地铁与公交中溢出
它们交换花粉,采集创意,蛰伏焦虑
捡拾这后工业时代的牙慧、那鱼里的深渊
这非虚构的黄昏与虚构的清晨……

有效的距离感,是光阴里流失的一代人
是童年哀歌,精致利己主义时代的粗粝感
以及浓重阴影下的小清新、小确幸

我莫名地被抛在故乡的荒野中，
在失去了童真的冬日傍晚，
在病毒的蔓延中，西天的云朵被燃烧成灰的时刻
一个人扯开嗓子与肉体，拼了命摇滚嘶喊——
有人正在生死挣扎，我怎么能够灯红酒绿？

地下铁

这地下铁,是又一个世界的入口
我埋没于人世又浮出人世
被裹挟的一段黑暗,又被一阵光明截止

卖唱者的琴弦上,埋在地下二十米处
那歌声像从山谷里传来,有绝壁的冷
带了一点点刺痛。扶梯在下沉,下沉
有泪流满面的人,摸出纸币或硬币
摸出那生存之脆!

那穿着马甲的人,那油腻的人
都戴着不同的面具
那不安的试探,那快意的摸索
被挤压的喘息、微汗、从四处伸出来的爪子

在换乘车站,一些迷宫里走失的鱼
彼此都在一次冲锋里相遇、绝杀
又在呼吸间摩擦,蜕掉满身的鳞片

在隧道的入口。那切开大地心脏的钢铁
那穿越人间缝隙的针,那冰冷的剑
都带了金属味道。在张嘴的刹那
爆出了头顶的菊花
柔软的鱼群,散向林间的鸟类……
我的身心披着火焰与深渊
从庙堂之高到江湖之远!

豆芽菜

卖豆芽菜的女人比豆芽儿还细
她白,顶着鹅黄嫩叶。她手里的叉子,
能准确到斤两:养在水里的事物都是精细的
从浸到萌芽,她在膨胀、抽出叶片,黄的与绿的
都成了她的翡翠与黄金
在阴暗的地方,她翻墙偷菜
土壤是多么奢侈!

她没有根须,像饥民,或没有男人的夜晚
被风抽走了水分的腰身,也是瘦弱的。
干瘪的豆芽儿都没有卖相——
那青春的细软,那爱情的珠宝
都被婚姻抢劫一空。
在窗棂上找到猛兽出没的痕迹
找到虚拟的一夜情,挺好。
之后起身,她用指甲掐过豆芽,换过水
也轻轻地掐过自己的皮肤
所幸还有痛感,还能冒出一股水……

广场舞

一只天鹅落于湖面,惊起一阵风
与一个女人停在广场如此相同。
她们引颈怅望,那独步芳华,
那凌空绽放,都有着孤独的美。
本都是小青蛇、小狐狸或小花枝
假装不识这水上游鱼
不识这人间况味。羽毛是她的利器
从梳理中嗅到那软、那香
从瞳孔里窥到那隐、那伤
她们模仿了伸缩的动物
都有着水蛇的腰。那集体性的快感
被从四面伸出的爪子拿捏
枝蔓延伸,山川都有了横陈的脉络
那一两眼交集,像一团人性的交织
混沌难言。天鹅在或深或浅的水里立足
她们在不安的波涛或不明的风暴中立命
还有那流水阵、桃花宴与杯盘之间……

暴走团

我们要上山岗,我们要下四海——
风暴的起源都在内心,寂寞与恐惧
隐去了性别,红灯笼爆裂
那黑旋风自带杀器!被席卷之处
只剩下那哀鸿、虚无。那滚滚洪流
是时代的又一次颠覆!
那原罪之花顶着刺儿,抽着筋儿
放肆地开!那被揉过的面团,那一夜桃花
此刻都让路于疾风、一撮灰或一星火
让路于海阔、鱼亡。浪静,人嚣
在这苍狗般的浮云间,行走于波涛
悬崖、高潮或一段长长的虚谷

这么多年……

这么多年,山川矮了一截,亲戚少了一半
凡是会飞的事物都被诅咒
那消失的蚯蚓、麻雀,老房子和青年
炊烟独自升起,乌鸦一两只
黄昏的终点里,荆棘蔓延起来
只有怀抱的婴儿那么鲜嫩,口水满襟……

这么多年,被河流带走的人们从未返回,
恍惚间我还坐在马车上
而今我走得越来越快!一年眨眼便过
归来时已无少年。
父亲走后,无人再叫我乳名,
那些骑马而去的都是灵魂

这么多年,邻家那条老狗依然夹着尾巴
它破败的叫声里浮现出主人
他被风吹歪的院门,那蛛网钩织的窗口
比那条狗还狼狈。我已走不出那流水宴

走不出被围困的亲情与礼仪，
那些虚假，与他们相见时的那份尴尬……

这么多年，一只微红的灯笼还在矮墙上探出
带一丝寒意：是堂兄还是表哥？
我的话被一阵风噎住
零零星星的爆竹声，冷清的早晨，
鸡鸣声被拦了一刀。
我心尖上的梅花与血流，紧了一紧
春风起

一只蜗牛在雨后闪亮
一些小虫从刺上跌落
春风起时，风吹着苍生
也吹着三只母羊、三朵桃花
……大地一天三变
那产过羔的、下过崽的都有了母性
那蜕过皮的、变过色的都成了精
一枚新芽儿探出了头儿
今天鹅黄，明天粉红，后天葱绿
而刚刚醒来的孩子
早晨还在喝奶，中午开始歌唱
黄昏时已是满地奔跑……

第五辑 | 北望医巫闾山

狐之灵

一群秘密游走的灵魂,风一样地穿行
屋顶上的脚印,雪上的梅花
都被一夜的传说呈现
这小镇上的精灵。惯于在黑夜醒着
耳朵竖起,东家的针落在地上
西家的孩子中了邪,都在你的视野之内
偷盗的、偷人的、偷情的
都在惊恐中保持着敬意
冒险的事物纷纷盛开。在黑暗里
一种神秘的力量统治了妇女

夜是多么寂静!猎狐的人是蒙面的
有着祖传的手艺
一旦被附了体,就算是狐狸的另一条命
危险的连体儿,狐媚的眼神
一些出窍的灵魂又有了依附
那一闪不见的亲人
拐过街角的牲畜

使我在河水里拐了个弯——
狐啊,你被猎杀的不是精神
你借万物活着,就像你给我的灵魂
可望、可及。其实就是灵魂本身

朗读者

我要怎样开篇？在山谷的回响中
我读出了那些孵化的卵，遗弃的河道
被遮掩的穷困。和一脸的羞愧
萤火虫儿来了，又悲伤地离去
它提走了我的灯笼，无声无息——

鸟儿是我的伴读者，她羽毛丰满
辽西口音。炊烟时断时续
时光也像一场玩笑，开过就被遗忘
当青春期与霜期重合，我与鸟儿都有轻功
曾经越过一层层的山脉和世俗
如今脸色晦暗，一心的无辜。

孩子和星星是我的听众。我读到一半哽咽
是纷纷的雨替我掩饰。那条呜咽的狗
饱受了轮回之苦。现在我仅是一个标本
被蝴蝶烙上了纹络。颜色。不朽。
还有谁能怀疑我？此刻我声音浩大

被收复的时间依稀还在。

这是我的身体美学。我手脚并用
匍匐大地。夕阳和泉水是我的另一条血流
我爬到今天纯属天意,天意里的生死
我生在这里,曾与生活八字不合
却无法不活着,活下去,并在这场戏里
扮演一个朗读者,或说书人

我要朗诵属于我的经典。用传世的口吻
读出我今天的剧情。你的北纬和东经
你盛产的苹果和女人。现在我再添一角
用旁观者的身份说出你
以免我亲历的那部分历史被误读
或被历史误读了我的悲情与善意

秋风辞

如此丰盛的秋天啊!糜子低垂
虫子们的合唱已经衰败
唉,没有几天蹦跶了。天狼星在傍晚闪现
农忙的人从谷穗里抬起头
面对收成,隐入又一拨的风中

一匹老马不用认路也能回家
一只野兽消失在山谷。浆果羞红
我经过的万物都怀有信仰
向死而生,生而不息
那只螳螂已为交配而死
那只老狼,甘心做了幼崽的美餐
只有我还三步并作两步
要赶一场行将散席的盛宴——

风轻易地吹透了我。秋色已浓
万物的长幼尊卑,绵延了乡亲们的传统
祖宗的魂魄也走出墓地。他们从未死过

爱的名义还在，爱奴役着后代
他们的子孙必是个个健壮，欢乐及哀情
尘土一样遍布。再散落空中
风啊吹乱了雁阵和人民

有多少地方无力到达？翻了山
过了河，还是风中起伏的河山
明天早晨有霜冻，西北风5—6级
最低气温零度。此刻我再次停顿
街上的灯火亮了，各种影子飘浮起来
我与秋天拉开距离。却与各种鬼魂相撞
我们风中施礼，同怀惆怅……

禾苗茁壮

那绿油油的一片,在雨后疯长
脊椎类动物伏在深处
锄禾的人一直没有直腰
锄禾的人,听见了自己体内的拔节声

每一棵禾苗都有它的命运
今年墒情适宜,雨水充分
一只发情的小兽在暗处起伏
这个鹧鸪天,他被蚯蚓指路
顺着藤儿摸到他的瓜

等待授粉的菖蒲甩出了她的丝绒
被风吹着,一直吹裂了他的汗珠
他燃着秧苗之火。那丢弃在垄间的叶子
个个都是有孕的。那新抽出的穗子也有了韵律
没有一种禁忌可以被禁止
流言长了腿,每流传一次都被启蒙一遍
被复制成多种版本

年轻的妇女们因此而更加丰饶

像丰饶的河山。覆盖着快意的恩仇
私奔的人、迷路的人、被杀的人
青纱帐里的现代江湖。
使每个人都能成为侠客
白刀子进去红刀子出来
或者大姑娘养了私孩子,无脸见人
一只小兽原只是殉了一个四季。而女人
却是殉了一个与己无关的江山

禾苗依然茁壮,锄禾的人偶尔打盹
有的物种变了异,有的断绝了后代
灵长类动物越来越稀薄
男人们秃顶,血黏,稗草一样衰败
一声斑鸠的鸣叫惊醒了他
他继续锄禾,渐渐被禾苗淹没……

大风雪

零下二十五度。风从西北吹来,蒙古高原!
雪的气息弥漫起来。夹杂着牛羊嚼烂的
山葱草蒜的气味。有一点腐败
一点昏昏欲睡,以为大年三十的景象即将来临

大风雪来了!一只野鸡一闪不见
一头小羊离群哀鸣,一个豁牙的小孩儿
泥鳅一样钻了细沙。只有我
前不见美人,后不见江山
在风雪之中露出我的生命之脆!

还有我脆弱的精神。我已瞬间白头
牧羊的人、流浪的人、贩马的人
又有一个倒下。要抚平一个生命并不难
仿佛什么都没有发生。我一阵阵地昏眩
一切都将被掩埋,我想。
我要跟一根火柴走回家,风拍响了窗格
听着远远近近的风声与狼嗥

幻想自己是世上最幸福的人

一条老狼跟我走了很久。一条老狼
逼得我灵魂出了窍,又把它收走
一副骨骼走在风中
我还在不在人间?还有没有呼吸?
被驱赶的脚步和精神
被断绝的后路和退让
让我不敢回头。我的喉咙有股血腥味儿
我的手脚瘫软。我的每一步都向着自我的深渊

和恐怖之花!我自己的绝境
被狼出没破解。这一场追逐
使我的每个细胞都必须是活的
让我喘上那口气吧,让我的肌肉绷紧
阵阵的血流。这暴力的赞美者
这残忍的同谋,是风雪把我逼得太紧
仿佛我也有了狼性。我要撕裂这风的罗网
雪的幕布,我要在狼那冰冷的鼻息里
或那阴森的目光里找到人性

大风雪。大恐惧。大绝望。大生存。
每一种生灵都是这个世界的幸存者
包括我。快向每个险境致意吧!
每个敌手都是我活着的理由,和恩怨

老人与狼

都说他越来越像狼。他眼珠发绿
夜里磨牙。用狼嗥反抗亲情
他用与狼对峙的目光与世界对视
他是稀有的。蹲在他的旷野里

那一种旷世之情。仿佛是一头孤狼
在寻找它的狼群。这被抛弃的一只
与狼一样拥有血性。他们以彼此为敌
又为友。在生死的相依中,恩怨已了

他年轻的时候追逐着狼的踪迹
他会狼语。他跟狼走得越远
就离自由越近。他放弃了他的人间故事
追逐。潜伏。出击。对峙
每一次的相遇都像第一次
一个人的围猎更像一场豪赌

他敬畏的狼王,与他周旋了一生

尤其是在黄昏的山峦上
它毛发金黄,目光阴森
他无限地接近过它,却永远不能赢它
有些命运并不在自己的手里

而狼是怎么消失的?他无数次地坐在山顶
等待着那暗伏的杀机,那嗜血的快意
有什么一去不返啊!这孤独的视觉与听觉
更可怕的孤独是,他自绝于万籁
一心向狼。他从此一枪未发

多年之后,山谷里又传来隐隐的狼嗥
他伤心到落泪:你这个老不死的
你且等等,我来也——

在一辆马车上沉沉睡去

在一辆马车上躺下,冰蓝的天空这么低啊!
仿佛一伸手就够到了云朵
风把它们吹回到古代
谷子们依旧谦卑,叶子蔫蔫的
只有无名的飞虫凝神了——
这病态的马蹄声里,似乎夹一丝暗疾

那隐痛只有辙印知道。那慢悠悠的高粱地
刚刚扬花,抽穗是一场礼仪
一场恋爱开始,什么还能回放?
我灰头土脸,咳嗽不停
一口水都能把我噎住
这年月,有谁没患过失眠症?

我的心含着暮色之哀,那些会显灵的动物
窗口挂着的辟邪之物,桃木、咒符
被送到十字路口的替身
你们都已蒙尘。人们无所忌讳

在初一十五照样鱼肉、杀生……

大河洼的岸上,我曾被河水追赶
羊群饺子一般下河
难免要被驱赶,被淹没,被宰割
谁能够与命运抗争啊,用生还是用死?

马蹄声嘚嘚地叩响大地,那该是我诗歌的韵律
从过于舒缓到过于逼仄
我经过了三十年。还需要多久
我才能从逼仄里挣脱出来
而我只有一条命。是我的症结所在
我,我们,都回不到有星光的夜晚——

我们决意要索取高粱的纯朴
大豆和谷子的宽厚。却不想付出自己的爱
现在我需要被马儿带回。用庄稼授粉
蜜蜂采蜜、羊儿产羔的方式活下去

绿色抚慰了我的眼睛
我越来越困倦。在一辆马车上沉沉睡去
浑然不知,一只蝴蝶一直跟着我飞
飞到一半时,它遇上了自己的情侣
哦,万物都有着菩萨心肠
不必担心,什么都能够把我叫醒……

雨为我的诗歌润了色

我多年的诗歌,慢慢地回到了大地的安歇处
雨水落下了,叶子暖暖地伏下
我的文字也连绵着草木的味道。
那些归来的人、家禽、走兽都有了庇护所
只有我的诗暴露了我的迷途

今天,在你的雨中,我的诗歌
沾染了雨的气息,雨中的炊烟味道
还有花瓣、泉水、无名的虫鸣
谁家的孩子还在贪玩儿,竟忘了归家
母亲的呼唤声从我的诗里破茧而飞
像只瓢虫,背着七个精美的斑点,在雨里飞

我捕捉着那有纹络的精灵,是雨使它们呈现
我的文字到达的地方,它们总是隐而不现
我要顺着雨水的经度与纬度
找到我绵密的针脚
纠缠于十指的辞藻,被暴雨劫持

像无数的线头,纷乱、缠绕
我擅长收拾雨后的残局
混乱的思绪和瓦解的生活
一旦情感决堤,遭殃的不仅是池鱼
还有这世界的最后一位知音

我的眼睛被植入水晶。被折射的倒影里
有着蜂鸣的气流、矿脉的隐情
和被开掘的金子。我的诗只适于一国一地
而不适于一城一池。我的元自然
元叙述。坚持要替无声者发言
而谁赋予了我这个权利
是山川吗?时间吗?万物吗?
被代言的世界,我到底能否说出它的真相?
是用诗里的一条命,还是用无数条?

是雨水使我存活、潮湿、饱满
雨救了我的诗篇和厌倦
我的身体给拧出水来。深呼一口气
让雨为我的诗歌润了色
我立于雨中,与那些树木一起垂下头颅
这世界的秘密在于荒野
和荒野上那不为人知的时间与历史

在黄昏时分

我蹚过河边的草丛时,一团浓雾突然升起
炸了营的蚊子、青蛙、蚂蚱绞在一起
一个偷袭者,被千万根毒箭射穿

我被蜇伤的皮肤,需要抹上新蜜
我内心的蜇伤,却成为一个烙印
每到黄昏时分,就有一种蜇疼
那远远近近的虫鸣暗中歇息的时候
我失去了通往自我的仙境

马蜂窝有着自己的风格。那是我童年的建筑
在危岩或树上。我在过家家的时候
无意间模仿了蜂巢的结构
我们有父有母,采花酿蜜
偶尔也被捅了马蜂窝,被什么一路追杀
也许我们都是那只无形的手,或元凶!

那条分界线不可逾越,像我头顶的中缝儿

通常是一边游牧，一边农耕
而今草木褪尽，牛羊儿已被逼到山崖
这文明之罪！我祖传的木梳已失传
如今我头上的斑秃遍布乡野

一只唱衰的蟋蟀隐在暗处
四野寂静，在黄昏时分，我不敢面对余晖

每天都有一种物种在灭绝
那些气味、声波，还有形态
还游走在山野和心灵之间
那消失的一切！正逼近我们
一只蝙蝠依然还在深夜出没
因为盲目而更能绕过猎杀
除了鸟儿，还有什么能够找到我？

山脚下的无名女人

车前子只是学名,人们习惯叫它车辊辘菜
它叶子宽厚,籽粒绵密,味微苦
长于缝隙与辙印中间。它性子隐忍
香气只沾染在马蹄上,或雨滴中
就像山脚下的女人,抬头看山,低头喝水
脸上有着黯淡的笑容

这贫贱的野菜带着灰尘,她坐在门槛上
用清水清洗,露出她的真容
再佐以香葱和豆腐
一家人的晚餐已准备停当。
她站在家门口喊儿子回家吃饭
倦鸟儿和鸭鹅都回答了她

那女人衣衫干净,在炊烟和农事中
放下她的身段和欲望
家狗温情地伏在她的脚下
对着那个大碗喝酒,高声骂娘的男人

轻微的吠声,仿佛含了糖球的孩子
发出的呓语。她的儿子风一样跑回家
带来松针、气喘和牛粪的味道

三月桃花满枝,七月谷物扬花
十月猫狗追逐,一月大雪封门
她比所有的月份都饱满
在山之阴、水之阳
一棵倭瓜爬出了墙头
任凭自己开着谎花,结着化果

夜里,各种动物开始它们的私生活
树影在窗棂上暴动
云层里含着阵阵雷声
她从不懂得抱怨,没有诉求
她左边的男人、右边的孩子
与她构成生活的三角
她带着一张被世界拒绝的脸
低语,做梦,安眠,无声无息……

与带翅膀的动物一起飞

什么都是可以飞的。我迷恋
那些带翅膀的动物。振翅、起伏、旋转
和那种对未来的无知之感
我到来,与你们同飞,是为了寻找
我生命里的异己部分,我通灵的能力
在一些危险的爱中,把恩怨提升

你们善于在暗处屏息,而我在明处
总有一些灵感令人晕眩
伟大的生与冲锋!当我双脚生根
脚趾生花。当城市灯火茂密
高速横行。一些避世者的路径
而我从婴儿的笑声到老妪的皱纹
只有一声虫鸣那么长,那么悲!

那些妊娠纹,构成了我孕后的景象
我与你们一样,受过孕产过子
腹部的花纹暴露了我的身世

我也有鸟类的歌喉。那被遗忘的声线
市井低处的嘈杂,使我基因突变
蜜蜂、纸鸢、鱼儿都从我的诗里飞过
你们飞得越高,我的灰心就越碎

傍晚,一架飞机轰鸣着掠过头顶
不知它的终点在哪儿,它的天敌是谁

我不能屈从的爱,在体内浮游
万物都有打盹的时候。在小贩的吆喝声中
在厨间的飞刀间,我也能飞
被插上双翅的风也是有幸的
何况我身上斑点闪烁,黑痣如钻
看起来可以混迹其中,同飞同栖
那些翅膀之上的苍穹
苍穹下的眼眸、星光与河流
都在飞翔中改变了性格

喂,你飞过了吗?是的,我已然飞过
在一切低于肉体和高于心灵的地方

一条河流里的诗意

有一条河流是失控的。雨天暴涨
雨后消退。人们手拉着手过河
就像节日来临。总有被大水冲走的人
和家畜、树木、鱼的消息
一只鞋子带来的悬疑案
被口口相传,类似民间文学
被填写了无穷的枝蔓,变得津津有味。
我在河里逆行,我在水里摸鱼
纠缠于那些柳树和槐树
还有那些尖锐的石头,把我硌伤。
……直到如今,我的脚跟儿还隐隐疼痛

夜晚的河流是只怪兽,被带走的那些动物
和时光,还有满脸的红晕
都是无声的。我被吞噬的部分
也难免要投河而死
我不知道这些水来自何处,并溢出
我今生的败笔与失意

河对岸的叫卖声是湿的
我听到了被流水转卖的
那一腔结结实实的愁怨

有什么涉水而来。被溅湿的乡音
两岸的星光。马车上的新妇是茫然的
马被催赶,嗒嗒嗒地低头走路
一脚迈进河里,就掉进了生活的陷阱
她泪眼婆娑,将在河边结婚、生育、终老
把经脉葬进河水,把历史埋在河边
我试图叫住她,可我听见水声呜咽
原是出自我的喉咙……

顺水而下,有我的形体和曲线
逆流而上,有我的原乡与原罪
高大的运柴车在河边疾走
隐藏着我的怀乡病,渐渐地消失在尽头……

每天清晨被鸟鸣唤醒

在睡梦里飞。那些带翅膀的动物
都是有灵的。我魂不附体
紧跟其后。我的头发是染了色的
正好作为羽毛。我的眼神废墟一般
仅仅一闪,我已颓废

我见过山川,那素描的一段锦绣
像一处烙印。尤其是那一声声鸟鸣
从绿色里发声,在雨箭里放矢
那些洞开的窗子像个隐喻
更深化了我的忧郁。春天渐浓
我被唤醒的部分左右徘徊
这无限之中的有限,更趋于无痕。
我所依赖的翅膀是左倾的
刚刚从风暴中站稳。又一次陷入危机

我无数次地写到鸟儿,和它带来的烟火气
从第一缕炊烟开始一天之计

我不慌不忙。把漂洗的衣服涂上肥皂
把苞米面发酵，揉进榆钱儿
当铁锅里的水响边儿了
我把玉米饼贴上去。它不下滑
就是我掌握了适当的热度
那是我的生活技巧。待到金黄
待到邻妇的叫骂声盖过鸟鸣
我又飞过一回。当我低头喝汤
或抬头打嗝。持续的存在与偶尔的虚无

在向阳的坡上

那起伏的山峦,总是有源头的
我过分渺小,背着比我还高的柴草
在向阳的坡上爬行。一只兔子被惊扰
草丛里的一道闪电。一只老狼
总用阴森的目光看我,乔装成家狗
瘸着腿慢慢走开。各种花草的气息扑来
我患有鼻炎,喷嚏不止……

我站在月亮地里,看见被拉长的
那慢悠悠的脚步与歌谣
跟在身后的小兽,梅花状的脚爪
使我恐惧加深,待我回头
它又蹿到身前。时光与野禽交错
恐吓威胁着我,野鸡三两声
一闪的羽毛只剩下炫耀
我不敢出声,一路飞跑
仿佛被什么追到瘫软……

如今，挖沙的人挖走了南坡的树林
却建起了一座庙宇。传说中的虎头寺
需要恢复的不只是一墙壁画
据说我的祖母已经成仙，被供奉在庙里
我本家的姐姐婚姻失败
隐居于庙里假扮尼姑。她念念有词
眼神里却一派风光
而我的众仙有着自己的尊容
我供在心里或文字里。
我不烧香却照样可以请神
壁上，彩绘新鲜；眼里，日光斑驳
我推开南窗，满眼的梨花正开
乘着片片清淡，是夜无话……

麻

我对"麻"的认识始于死亡。披麻的人
戴着重孝。风中的麻是阴性的
一条一条,带着一种虚无感
总是绕不开死亡和传统

亲人哪,麻附着亡灵的重量
那些未竟的心愿,那些花与荆棘
所构成的花冠,现在被我戴上
我一路招摇,生死相约

这种草本植物,有着粗大的纤维
宽阔的叶子。好的麻果都是苦的
浆却是白的。开着黄花,怀着黑籽
像邻家的女人怀着身孕
她吃麻果的样子源于本能
偏爱青涩,吃到乌黑
她的孩子一落地,便有一种中毒的征兆

"麻意味着绳索",被成捆地绑来
像捆扎着的灵魂,冤屈的爱
被统统沤进水里。让麻叶腐烂
让麻剥离。我被沤烂的躯体
怎么与那清白的历史对抗?
从阵阵的作呕中,从强烈的质疑中
分离出洁白的麻。我对它的敬畏
像对荷花一样,对美的又一次瓦解

我忍受的部分,就是"心乱如麻"
那些苎麻、亚麻、荨麻和大麻
哪一种更适于我的神经与审美?
眼里纷乱的麻、手里错乱的麻、内心纠缠的麻
都在美食里生根,在布匹上生花
在皮肤上生疹,或在灵魂里麻醉
我到底是精神背叛了肉体
还是肉体背叛了精神?我才能飞——
麻啊,我至今无法越过你的樊篱
我已被你的麻叶划伤
被你的麻果毒害,被你的冤魂附体。
我已中毒渐深,无法再重返人间
和记忆中的人群与星光

在傍晚的街头愣住

这条街的尽头在哪里？落日已尽
我的身上沾满了灰。那小贩的吆喝声
那疲惫的脚步，那在风中打瓦的少年
都被夜幕收走。一个剪影扶着窗子
在笛声里掉魂儿，在河水里招魂儿
又一场没头没尾的戏，是没人喝彩的——

一个拉骆驼的蒙古族人丢下他的腥膻
向南走去。一辆破旧的马车走来
那马儿像害了相思病
怏怏不快。赶车的人像个催命鬼儿
一边鞭打，一边骂娘
风儿灌满了他的胸腔
直到发不出声音。他仰面而躺
任由马匹把他带向远方

一股旋风卷过，我的眼睛被迷
而我对亡灵的冒犯是无意的

你且别走,在一只鸡蛋里立住
在一层灰里回首。你的冤屈我已了然
让我在十字路口,烧掉今生的替身
从此我就是个游魂,替你梦游,或发愣。

趁着夜里,一个邻家的姑娘被拐走
一盆泼出去的水,瞬间被尘土吸干
使黑着脸的家人蒙羞,三生不幸啊!
这低头不见抬头见的
春天飞短流长。那风吹开的院门是空的
被辱没的家风,被鄙夷的清白
从此在茶余饭后的评书里
每天一回,环环相扣……

而我心怀窃喜,在一十五岁的秋天里
在傍晚的街头醒来,像一只年轻的狐狸
被一眼勾住,便茶饭不思
幻想被陌生的手牵引,尤其喜欢青纱帐
红的高粱,黄的玉米
都是经典的。我轻功一样地飞
越过迎仙堡、驿马坊、石山镇
还有起起伏伏的丘陵。义县和北镇
古时的宜州和幽州,却把我夹紧
我默认了女儿河与白狼河是我的金兰
我的回声撞在岩石上,又拐进山谷
把我青春的暮气撞得粉碎——

那条阴森的街道，每年都有暴亡的人
左邻的男人死于车轮，右邻的女人死于农药
张家的孩子跳了山涧，李家的老人吊了房梁
但上梁的鞭炮还在正月爆响
娶亲的喜酒喝到月上三更
鲜红的婴儿在晨时坠地
我站在傍晚的街头，一边是阴
一边是阳。在阴阳交汇的地方
我带着一张鬼魂的脸，在人间浮现……

晚安,迎仙堡!

晚安,迎仙堡——迎仙
一个动词,动词里的姿态,多么鲜活的故乡!
那些神秘的气质不断加深
被时光修复的美,正渐渐地呈现出黑白
比屋檐更低的雨水,连绵着我的伤感
在我过了忸怩的年龄时
让漫山的桃花替我脸红吧!

多少年,我一直在躲避你,好像你从未存在
而今晚,我用诗歌秘密地经过你三次
每一次都像重新诞生。
迎仙堡,我在医巫闾的阴影里遇见你
我被那些菌子传染了阴郁。
接着我在蜜蜂的复眼里凝视你
那丢弃的、重拾的风声与传统
同样都是沉重的。之后我在游魂里飘过你
一片树叶也有了它的重量。那些仙气
使曾经破旧的山河有了灵感

使那些树木、花草和泉水有了巫的特征
我与祖先通灵,在每一个岔路口
被他们领回家,我有如神助,能在水上飞——

那座庙宇曾被拆卸,如今重修得面目全非
那一墙的壁画是我散失的命
不是毁于火灾,就是毁于地震
毁于我的一次口误。我把一部分生留下
任何一只小兽都能成精,在不为人知的地方
注视另一部分的死。而我的诗要替生者寻觅
死者的灵魂,如今它们习惯了隐身术
在我的词语里四下游荡!

在虎头寺,我在梨花的又一次凋谢里
寻找着刺伤我的荆棘
不安的亲人、冤屈的鬼魂、走失的牲畜
都有着不可逾越的美——
用芨芨草的茎煎熬
我喝下今生的草药。吐出我的沉渣和苦水
我要趁天色已晚,大哭一场……

迎仙堡!让我用俚语道晚安吧——
我走了太多的地方,排斥外语
甚至排斥其他的夜晚。拒绝苟同
我与汉字达成了生死契约
与无数的生灵有了血缘

一直到我的脸上游出了鱼尾
到我的小趾甲上游离出另一半
我迎接你的姿态有了精神的高度
晚安，医巫闾山。晚安，锦宁广义。
晚安，大小凌河。晚安，虫子和乡亲们
晚安，迎仙堡，晚安……

我所崇拜的山鹰!

鹰啊,山鹰,我跟你飞了多少年了,
你却全然不知。我的影子单薄
薄过白纸。我左望是医巫闾山
右望是白狼河,中间是巨大的荒凉!
我要跪拜的青岩寺与万佛堂
都隐在尘埃里。一个褐色的阴影飘移
瞬间破溃,下坠。你的视力在视野之外
在地理之外。高山草原与针叶林
构成了你的闪电
被你击中的山河都有了自己的性格
和高纬度的战栗。
兔子与野鸡都断了退路,
断了一段光阴。你只带我飞过
只一个眼神,我就销了魂。
我的魂儿一丢一生,一丢万世……
我怀着夺命的羽翼
手执雨箭,身披春天的隐情。
我用鹰钩重新勾勒高于尘世的山水

用鹰爪勾引那桃的红、梨的白
那断魂的空……
我唯一的六道,不在轮回之中
而在云端、心外、物外
在阅尽的山岗。羽毛夹在书卷中
鹰在书页中提了提翅——
万物有灵,我在吗,风在吗?

陌上花

这收割的刀啊,如今是暖的!
那阳光下的一闪令人目眩
可爱的寒光,在这个月份带着女人的宽容
包括那些利器、铁具、炭火一样的词语
都从秋天里榨取了自己的汁液
仿佛拥有了牺牲的品格

一辆马车慢悠悠地走着,一阵风翻卷过去
总是带着流言、不怀好意的部分
那随时要被掀起的真相
被车上的女人紧紧捂住,仿佛一件家丑
刚一张嘴便被世俗淹没……

春天的迎春夏天的莲花秋天的黄菊
你们永远都是岁月的新宠,带着刺绣的伤痕
而今她要再添一朵,在棉被上绣了牡丹
祖传的针法被她抛弃。她要省略掉多余的
针脚。飞针走线般直奔家门

还有她肚子里的孩子

是她头上的桂冠,她的锦上绣陌上花

而我走了许多的弯路,直到今天还在路上

等在路口的时间闪开

让我捡起太多的旧符。而新桃下面的脸

被什么揭穿了善意。我所质疑的明天还在拐角处

越是走近她,越是被自己局限

我和她,两个女人的简史

如今纠结着月季和蜡梅

哪一个更有烟火气儿?更容易与命运达成和解?

那只猫头鹰在深夜里叫丧,生活太需要一只喜鹊

在清晨跳上新枝——她不会失望

更不会在失眠里怀疑自己

当红红的太阳再次升起,她一脸红晕

我的田野广大,陌上花开……

北望医巫闾山

对所有的山川我都不敢妄称征服
我怀着一贯的敬畏之心,我的医巫闾!
上山时弯腰亲吻,下山时嘴唇紧闭
在你怀里,我是个被降服者

石头的七间房,我避过少年时代的那场疾雨
在大小豁牙口,我受的伤一直未愈
我崇拜所有会生长的事物
"还有谁想活到年迈——
露出那一张风烛的脸"
让残年的电影提前谢幕吧!
一种菌子也有它的广阔世界
朝生,暮死,也恰在云水间——

在殉情台上,多少生灵从此坠下,粉碎
以致每次经过,我都手脚瘫软
死神是高大的。我被什么控制
不能自已。那场死的盛宴

那些纠缠我的蛇，或者狐狸
我被绑紧的血肉，我被扼住的喉咙

许多年，我拼命喊你却喊不出声
我已用尽了京剧与评剧
风声与雷声。我企图在暴雨里号啕
那场雨一直闷着，像一场悬疑戏
我恨不能自我了断。划破那张纸
就为能喘上那口气，或被一剑封喉！

北望医巫闾山，那一片黛色山峦
锦、广、义交汇的气息，在苍凉之外
青岩寺与万佛堂中的人、马、车
都跪倒在尘埃里。那被封闭的家规
陈腐的教义、愚昧的妇人
时间内部不经意的手笔
囚禁了永恒的山脉与人民

而今我要返回，却被一叶障目
一步绊住。我需留下买路钱
留下我的前史与后传
才能在绿林中杀出血路
至于我如何在马蹄声中心碎
在夕阳下忍住泪流，我已无力复述……

| 后记

我觉得好诗永远都应该是一把手术刀,带着锋利的刀刃,闪着刺目的寒光。这把刀深刻地剖析人性,而不是逞一时之快。虽然随着年龄的增长,我的刀锋并不浮在事物的表面,而是藏入深处,但这绝不意味着我放弃了诗歌的锋刃。近年来,包括我自己在内,越来越警惕会在过多的生活表象与琐碎中丧失了抵达本质的能力。

我从年轻时的纵马狂奔到小步慢走再到走走停停,期望发现与揭示事物内在的丰富性与隐秘性。我曾执迷于语言的奇诡迷宫,从最质朴清晰的白描式的絮语到迷离扑朔的难解梦呓,从抒情柔板到最原生态的能量释放,从酣畅淋漓地挥洒到内敛与克制,都饱含着激情、富有生命活力的表达,刀锋、力度和光彩的闪烁,突破规范与极度自由的想象,从而构建起属于自己的个性建筑。写诗调动的不仅是哲学与思考,还有个人经验的搅拌,当二者真正融合在一起时,诗歌真正的意义才会产生。当理论无法处理当下现实,无法与个体生命发生关系时,它始终都无法进入血脉,成为自己的基因。对此,我更看重"生命诗学",我写作并非为了佐证某种理论，而是为了得到生命的体验，进而道出诗歌本质与机理的独特洞见。基于我走过的创作之路，现在我试图从沉郁中获得轻盈，从精细中获得粗粝感，从混沌中获得澄澈，从冷僻中获得温度，并在具体的操作中自由地转换、分离与介入，在碰撞与互见中凸显差异感或个性化。

我似乎已把自己平生储备的资源用尽，童年经历、青春苦闷、中年迷惘，有时提起笔会陷入茫然之中……所以我在选材上尽可能地放大视野，就算是过去曾经处理过的素材，如今进入中年之后重新处理，视角与维度都发生巨大的变化，仿佛第一次相遇。我也不再纠结于以前是否写过，其实经过数年，每一次的书写几乎都是重生。所以，写作的资源在本质上是不会枯竭的，而真正枯竭的是我们的想象与创造能力。虽然有一条道路可以直通远方，但我宁愿选择迂回、岔道与返回，因为一眼望到底的未来已经失去意义，我必须要敢于冒险，尝试那些我没看过的风景。不论有多少艰险，我都会义无反顾。现在，我会在记忆的皱褶与现实的缺口中驻留与凝视，充分地发掘其内在空间，并使我以前对世界理解的偏执与狭隘得到拓展。

在目前出版资源日趋紧张的情况下，北岳文艺出版社能为我出版这部诗集，令我惊喜不已也感动不已。感谢责编王朝军先生的尽心推动，感谢姚宏越先生的从中助力，感谢出版社给我一个展示的机会。今天是10月的最后一天，我梳理完作品定稿发走，不禁感叹时光飞逝，而那些值得铭记的瞬间都被记录与书写，也仿佛重温了一遍我的精神履历，十分欣慰。不觉之间，从1981年到2021年，我的诗歌创作正好走过了40年，这部诗集的出版将是对我 40 年创作生涯的最好纪念,也希望不辜负出版社对我的信任,能够得到读者的喜爱。

李轻松

2021 年 10 月 31 日